コワサレタショウジョタチ

1

北海道《ほっかいどう》の冬は長く、当然ながら過酷なものだ。

勿論《もちろん》今は、それを少しでも快適に過ごす方法が確立されているし、むしろその寒さを娯楽にしてしまおうというくらい、住民の向き合い方はポジティブに感じる。

冬の匂いを嗅ぐ十一月から、ああ春なんだって実感する五月まで、約半年間、冬に支配されているのだから、それは当然のことかもしれない。

勿論スキーやスノボ、スケートなんてウィンタースポーツに触れもするけれど、基本的に冬は室内、内側に籠《こ》もる季節だ。

あたたかくて、安全な家の中。

一番寒い二月の頃、怪異と心の寒さから逃げるように、パンと塩の家に逃げ込んだ僕にとって、なんだかんだと怖い思いをしながらも、この冬は毎日があたたかかった。

渚《なぎさ》さんはけして優しいだけの人ではないけれど、確かに彼の守る天狗山《てんぐやま》のあの家は、僕の圧倒的安全地帯だったし、そこから出る理由もあんまり無かった。

出歩くのは、主に通学だけ。

勿論たまに田沼《たぬま》達と出かけることはあったけれど。

でも僕は『守られて』いた。

昨日の僕が僕を殺す

壊された少女たち

太田紫織

角川文庫
22096

目次

Characters

イラスト／BUNBUN

昨日の僕が僕を殺す
I'll be killed by yesterday's me.
SHIORI OTA

淡《あわ》井《い》琉《ル》架《カ》

小樽に住む高校生。ロシア人の祖母を持つクオーター。過去に傷を持つ。

フレープ・ソーリ

ロシア語で「パンと塩」を意味する店名。
パンと塩で歓迎するのがロシアの古い風習であることから名付けられた。
ピロシキ、ピロークなどのロシアのパンで人気。

「パンと塩の家」の住人たち

汐《しお》見《み》渚《なぎさ》

店長。実は「天狗」だが人間に紛れて暮らしている。

蝶《ちょう》子《こ》

まるで作り物のように美しい少女。ルカには強くあたりがち。

田《た》沼《ぬま》

ルカにちょっかいを出してくる男子生徒。実はモフモフのタヌキ。

榊《さかき》

店員。大柄で屈託なく笑う、狗神憑きの青年。

ペトラ

ロシア出身の料理上手な女性。実は「吸血鬼」。

麦《むぎ》澤《さわ》久《ひさ》代《よ》

お下げ髪に丸眼鏡の優しい少女。実は人の悪い夢を喰うバク。

プロローグ

小樽《おたる》の夏は、海と、緑の匂いがする。

山と海が同時に目に入る、坂の街らしい空気の匂いだ。

すぐ隣で、街の境目さえよくわからないくらいだって思ってたのに、札幌《さっぽろ》と小樽は明らかに吹く風が違う。

来週から六月だ。季節は冬なのか春なのかわからない時期を過ぎ、初夏へと移り変わろうとしている。

学校の帰り道、坂道を上りながら、僕は初夏の風を目一杯吸い込んだ。

せっかく伸びてきたばかりの雑草を、無情に刈り払い機で一掃している人がいるのだろうか、甘く青い、草の刈られる匂いが鼻腔《びこう》をくすぐった。

なんとなく血の臭いを思い出すのは何故だろう。

草木にも命はあるのだろうか――そんな事を考えて、ぼんやり歩いていた僕の目の前を、突然小さな影が駆け抜けていった。

「え？」

そしてそれを追いかけるように、子供達が道路を横切って、数人走ってくる。

まだ小学校低学年だろうか？　丁度車がいないからって、危ない。

「おにいちゃん！　猫！　捕まえて！」

「え？　猫？」

「汚い猫！　お菓子食べられたんだ！」

不満を露《あら》わに、子供達が声を上げる。さっきの黒い影は、ちょうど草の茂みに逃げていった。教えようか迷ったけれど、でも子供達に猫を差し出すのは、なんだか可哀想だった。

「そっか……でもきっとお腹空《す》いていたんだよ。それより、そんな風に道路を渡っちゃダメだよ、車が来たらどうするの？」

子供達を責めるのは可哀想だとは思ったけれど、でも車のことが気になって、僕は少し強い口調で言った。

「はぁい……ごめんなさい……」

しょぼん、と子供達が落ち込んだのがわかって、僕の胸もずきんとした。けれど、何かあってからでは遅いのだ。気をつけていたって……。

「ちゃんと横断歩道を渡るんだよ、走っちゃダメだよ。怪我をしたら、みんなが悲しむんだからね」

そう言い聞かせ、とぼとぼ戻っていく子供達を見送る。

ややあって、僕はさっきの仔猫《こねこ》とおぼしき影が飛び込んだ草陰を覗《のぞ》いた。

もういなくなってるかな？　と思ったけれど、でもその仔猫は、確かにまだ草の陰に丸くなって、ちいさくちいさく身を隠していた。

「ああ……」

子供たちが『汚い猫』と言っていたのが、確かにわかるような姿だった。

毛はボサボサ、ゴワゴワに汚れて固まって、所々ただれた皮膚が露出している。

目やにで目もよく見えてなさそうな、そのガリガリに痩《や》せた姿は、愛らしさからはほど遠い。

しかも後ろ足を片方引きずっている。どうやら怪我をしているみたいだ。

でも、確かに生きている仔猫だ。

そしてこのままでは、生きていけないかもしれない命だ。

「何にもしないからおいでよ……病院に行こう」

その脆《もろ》い身体を少しでも大事に守ってあげたくて、僕は着ていたパーカーを脱いで、仔猫の前に広げた。

仔猫は警戒しながらも、フンフンと匂いを嗅《か》ぎながら、パーカーに近づいてくる。

何か食べ物があれば良かったと思ったけど、僕は猫を飼ったことがないし、こんな状態の仔猫に食べさせていいものがわからなかった。

迷うように、みゃあおう、と仔猫が小さな声で鳴いた。

「大丈夫だよ、ちゃんと守ってあげるから」

そう語りかけると、言葉が通じたのか、仔猫は僕のパーカーの上に乗っかった。

そのままパーカーでくるむようにして、大事に抱き上げる。

とはいえ、僕は今居候の身だ。

パンと塩の家の住人は、この小さな命を拒んだりしないだろうとは思ったけれど、一時的にでも命を預かることになるのだ。

それに榊《さかき》さんと仲良く出来るだろうか——そう心配になって、スマホを取り出し、渚《なぎさ》さんにLINEしようと窓を開く。

その時、にゅっと仔猫の小さな手が、まるで僕を制するように伸びてきた。

『なんだァ、妙な匂いがすると思うたら、天狗《てんぐ》の弟子であったかァ』

「えっ」

弱っていたはずの仔猫が、はっきりとそう言って、ニヤリと笑った。

『案ずるなァ、わらわの怪我などすぐ癒《い》える。代わりにその美味《うま》そうな、おぬしの血を一舐《な》めさせてくれたらなァ』

赤い舌をちろりと出して、仔猫が笑う、シシシと。チシャ猫みたいに。

一瞬驚いて落としそうになったけれど、それでもその寸前で思いとどまれたのは、確かに今、その仔猫の身体は傷ついていたからだった。

「……まあ、本当に傷が治るなら、一舐めくらいは我慢しますけど……」

別に慈愛だとか、自己犠牲だとか、そういう事に身を捧《ささ》げたいわけではないけれど、でもたかだか一舐め分の血ぐらい、たいした犠牲でもないはずだ。

ところが仔猫は、びっくりしたように濁った目を開いた。

その奥で、金色の光が確かに動いたのが見えた。

『どうしてじゃ？　痛いかもしれんぞぉ？　手が腐って落ちるかもしれんぞぉ？』

「え？　手が腐るのはさすがに困りますけど……でも貴方《あなた》こそ怪我をして、とても痛そうだし、本当に一舐めくらいでよくなるっていうなら、ちょっとくらい痛くても大丈夫ですよ」

沢山血が必要だというなら、さすがにそんな事はごめんだ。でも仔猫一舐め分の血だなんて、逆むけ程度の話じゃないか。

きっと直接舐めなかったら腐らないだろうし、何かに絞って出せばいいだろう。後はどうやって血を流すか、だ。

カッターか何かあっただろうか……。

『わらわは悪い猫かもしれん……一舐めと言って、おぬしをまるっと一のみにするかもしれん。なんでも簡単に信じてはいけないよぉ？　天狗もそう教えているであろぉ？』

「う……」

それは確かにそうかもしれない。

そう言われて急に不安になって、一瞬身体をすくめそうになった瞬間、シャッと仔猫の爪が空で一閃《いっせん》した。

「痛ッ！」

気がつけば、スマホを持った左手の甲に、赤い筋がくっきり刻まれていた。

ガツン、と思わずスマホを落としてしまった。痛みより、恐怖に肌が粟立《あわだ》った。

「ああ！」

でも仔猫は素早く身体を伸ばし、僕の血をザラザラの舌でザリリと舐める。

手が腐るだろうか？　怖い呪いを受けるだろうか？　僕はまた、迂闊《うかつ》な事をしてしまっただろうか？

恐怖と焦りに、今度こそ右手で抱いていた猫を落としてしまいそうになった瞬間、腕の中から三毛猫がまろび出てきたかと思うと、僕の鼻に、ちょん、と自分の鼻をくっつけた。あの汚い仔猫が、まるで別の猫みたいだ。

『安心おし、腐りゃしないよ』

さっきの可哀想な姿からは想像も出来ないほど、そのしなやかで美しい三毛猫は、そう言って軽やかに地面に着地すると、しゃなりと身体をくねらせて振り向く。

「そうですか、良かった……」

綺麗《きれい》な金色の瞳《ひとみ》を、三日月のように細めて笑う三毛猫を前に、僕は少しだけ安堵《あんど》した。

『でも今日はいい選択をしたねェ。馳走《ちそう》になった、いい血だねェ』

「いい血……ですか、ははは……」

それは褒められて、嬉《うれ》しいような、嬉しくないような……。

『猫は絶対に恩も恨みも忘れないよォ。何かあればタマ世《よ》を呼びなァ。おぬしの血のひとしたたり分の恩、いつか必ず返してやろうねェ』

三毛猫のタマ世さんは、『それまで息災になァ』そう言ってぱっと地面を蹴《け》って、街路樹を駆け上がったかと思うと、姿を消した。

でも。

「猫のあやかしに恩返しをして貰《もら》う……そんな機会、ない方がいいなあ」

出来ることなら、いつだって平穏がいい……猫のいなくなった初夏の坂道を見上げ、僕はちいさく独りごちた。

いつだって、見えない誰かの手や眼差《まなざ》しに守られて、安全な場所でうずくまっていたんだ。

そのことに気がついたのは、雪が解け、桜が散り、風に夏の匂いが混じり始めた、六月の最初の週だった。

自然と外出が増えてわかったのだ。

おかしなモノを見ないよう、見られないよう、僕を隠してくれる筈《はず》の、渚さんから貰ったお守り。星形のまん中に、青い目玉がついた首飾り。

これの効果が、今はほとんど無くなっていた。

四月の頃には、既に不安定ではあったけれど、それは日増しに力を失ってるみたいで、僕は四六時中普通ではないモノを見たし、あちらからも見られていた。

そうかと思えば、ここ数日は、逆にあやかしが見えにくくなってきた。それも、日増しに酷《ひど》くなっている気がする。

元々見るのは嫌だ、嫌だと思っていたし、見えなくなるのは嬉しい。

人の形をしたモノ、そうでないモノ、その形すら捉《とら》えられないモノ達が、僕の周りを四六時中、普通の顔をして歩いている。

一定の距離感で親しくできる相手もいる。例えば通学路の横断歩道に、いつも立っているお爺《じい》さんだ。人じゃないし、かつて人だったのかどうかもわからない。

だけどいつもモスグリーンのポロシャツに、穿《は》き古したジーンズ、ファイターズの黒い野球帽を被《かぶ》って、道行く人をにこにこ眺めている。

　そうして朝、かならず僕に「今日は晴れるよ」「今日は曇りだね」なんて話しかけてくるだけの、無害な存在だ。

　そんな彼の天気予報はいつも当たらない――と思っていたけれど、最近気がついたことがある。彼はいつも、僕の心模様を当てていたのだ。

　みんながみんなそういうあやかしならいい。でもそうじゃない。ずっとぶつぶつ何かを呟《つぶや》いている黒い影や、蝶子《ちょうこ》ですら見ないフリをしろというあやかし。

　そんなモノは、本当に僕は見たくない。

　だから見えないなら、このまま見えないでもいいとは思うけれど、問題はどうやらあっちからは僕が見えているという事だ。

　それはある意味一番怖い。

　でも、だからといって、僕にはどうにもできない事だし、渚さんに言っても結局いつものように煙《けむ》に巻かれてしまうので、結局日々に流されるままだ。

　人がどんなに望もうと、時間は止められない。

　叔母《おば》さんが自分の死を悟りながらも、そこから逃げられはしなかったように。

　それでも表面的には、僕の日常は平穏だった。

　蝶子の周りには、いつも女子が数人まとわりついている。まるで彼女自身が、蝶ではなく花みたいだ。田沼や麦澤《むぎさわ》も誰とでも仲がいい。そんな三人と付き合うことの多い僕は、連鎖的にその周りとも会話をするようになった。

ふとした瞬間に、そんな自分に罪悪感のようなものを覚える。

或《ある》いは恐怖、不安を。

人と馴《な》れ合ってはいけない、大切な人を作ってはいけないと、僕の中の僕が叫ぶ――檻《おり》の中から。

その声に頷《うなず》き、そうだったと思い直しながらも、距離感無視で近寄ってくる田沼や、目が合う度に笑ってくれる麦澤に、ついその声が聞こえないふりをしてしまう。

『縁』を繋《つな》いだ二人の事は、お守りがあっても無くても、僕には普通に人の姿に見える。

時折その正体こそ覗《のぞ》くけれど、不思議と二人は僕にとって、人間と違いを感じない。いやむしろ人間くさいのだ。

人間らしくて、そして人間ではない二人。

二人なら、もし僕が僕じゃなくなっても、傷つけずに済むかもしれないという安心感。

でも同時に、二人が人間ではないという事実は、僕から『日常』を奪っていた。

『人間』としての『平穏』や『あたりまえ』を。

僕は『こちら側』と『あちら側』、その境界に立っている。でも少しずつ、『あちら側』に近づいて行っている気がする。

そんな僕の悩みなんて、これっぽっちも知らない田沼は、最近何かあるとすぐに「な〜ルカ〜」と、距離感無視で近づいてくる。

今日もそうだ。昼休み、自分の席で本を読んでいた僕の首に、後ろから突然ガッと田沼が腕を回して絞めてきた。

「な、何するんだよ！」

という非難の声に、ゲラゲラ笑いを返してくる。

榊さんもそうだけれど、なんだろう……犬科の人達は、まず距離感がおかしいし、感情表現が直接的で激しすぎる気がする。

バーンと体当たりで来るって言うか……。

「なんだよー、本なんか読むなよ！　真面目か！　お前真面目なのかルカ！」

「真面目だよ！　やめてよ！　田沼の絡み方は、いっつも虐《いじ》めギリギリだからね⁉」

鬱陶《うっとう》しい腕を払いのけ、反論する。

「虐めじゃねえよ、人聞きの悪い事言うなよ」

不本意そうに、鼻の頭に皺《しわ》を寄せる田沼に、「それを決めるのは僕だよ」と返しながら、仕方なく本を閉じた。

「それで、何？　用は？」

「用なきゃ話しかけちゃ駄目なのかよ？　おめー相変わらずつまんねーな。友達だろ？　視界に入ったら構うだろうが」

「え?」

その論理が、僕にはわからなかった。

友達だと、見ただけで話しかけるんだ?　用事がなくても?　なんで?

「え……?　俺、友達じゃないの……?」

「ええ?」

きょとんとする僕に、田沼がしょぼんとした。

「あ、いや、そういうことじゃなくて……あれ、そういうこと?　え?」

「友達だろ⁉　そこは否定すんなよおおお!」

突然僕の肩を掴《つか》んで、田沼がガクガクと揺さぶる。

「でも、友達だったら、用がなくても話しかけていいのかなって……」

「友達だっていう時点で、二十四時間連絡OKだろうがよ」

「え?　二十四時間なの?　それは逆に嫌だなあ」

「嫌なの⁉　ルカさん、俺の連絡も嫌だったの⁉」

再びガクガク揺すぶられ、頭がクラクラしてきた。

「あ、でも今は、用事があったから声かけたんだけどよ」

「それ……先に言ってくれない?」

だったら、今の茶番はなんだったんだよ、田沼……。

そんな時、ハンカチを手に教室に戻ってきた麦澤と目が合った。

「あ、丁度いいや、麦子《バクコ》、ちょい来いよ」

僕の目線に気がついて、振り返った田沼が麦澤を呼ぶ。田沼と麦澤は、なんだかんだ幼稚園からの仲らしい。

所謂《いわゆる》幼なじみってヤツじゃ？　って思ったけれど、そもそもあやかしの子供は管理の為にある程度一ヵ所に集められて育てられるので、大体みんな幼なじみになってしまう。

それにそこまで親しいわけじゃないらしい。とはいえ、気安く渾名《あだな》で呼ぶくらいの距離感ではあるみたいだ。

「はーい、なんですかー」

田沼に手招きされた麦澤が、眼鏡の奥でにっこり笑って、足早に近づいてきた。

「あー……いや、でもやっぱりここじゃない方がいいな、ちょっと移動しようぜ」

教室の黒板の上の時計を見ながら田沼が言った。授業が始まるまで、あと十分弱ってところか。

行った場所は、屋上へ続く踊り場、人気《ひとけ》の無い静かな場所だ。

今はもう撤去されたそうだけど、昔その一番奥にあった鏡が、学校の七不思議の一つとして恐れられていたせいか、ここは常に人が少ない。

「それで、話って？」

そう言いながら、階段の上から三段目くらいの所に麦澤が腰を下ろした。

田沼が僕と麦澤の二人に、こっそり相談したいって事は、多分あやかしが絡んだ話題だろう。ちょっとだけ緊張したせいか、喉《のど》の奥がジワッと苦かった。

　嫌な味だ。

　あの世の水の味がする。

「それがさ、持田《もちだ》の事なんだけど」

　僕と麦澤の間に、むりむりっと腰を落ち着けた田沼が、おずおずときりだした。

「絵維子《えいこ》ちゃんの……？」

　持田絵維子――その名前に、それまで多少は緊張しつつも、それでも穏やかだった筈《はず》の僕らの空気が、音を立てるように急に冷え切った。

「……持田さんって、うちのクラスの？」

「ああ、その持田」

「………」

　僕の問いに答える田沼。麦澤は眉間《みけん》にぎゅっと皺を刻んで黙ってしまった。

　一気に空気が重くなった。

　でも、それは当たり前だ。

　何故ならうちのクラスの女子、持田絵維子は三週間前、事故で亡くなったのだ――しかも、実際は事故ではなくて、自殺と言われている。

　運転手のドライブレコーダーに残った映像や、彼女が事故直前までコンビニの駐車場をうろうろした後、突然走り出す姿が防犯カメラに残っていたこと。その場にいた人が、彼女がまるで故意としか思えない状況で、車に轢《ひ》かれたことを証言していた。

「……そっか、それで、どうしたの？」

視線を階段の下に向けたまま、麦澤が少し声のトーンを下げて言った。

泣いてはいなかった。けれど、麦澤が持田さんと話してる姿はよく見た。クラスで社交的な女子の一人だから、それなりに付き合いがあったんじゃないかと思う。

とはいえ、麦澤はどちらかといえば蝶子と仲がいい。そして持田さんは蝶子派というより、基本は自分の仲のいいグループの、小さな女王様といった感じだった。

蝶子と仲が悪かったり、対立していたりするようには見えなかったけれど、それは蝶子特有の、あの抗《あらが》いようのない魅力に誤魔化されているだけで、もしかしたら仲良く出来なかったんじゃ？　と思わなくもない。

そのくらい、少し気が強いというか、行動力があるタイプ――だからこそ、彼女が自殺というのが、誰も信じられなかった。

「持田の取り巻きのさ、ミワの事なんだけど……やっぱさ、随分凹《へこ》んでて。そりゃそうだよな、親友がさ、こんな事になったんだから。だから俺、最近よく連絡取り合ってんだよ」

田沼はそう言って、溜息《ためいき》を深く吐き出した。

ミワさん――荻野《おぎの》美和《みわ》は、持田さんのいつも隣にいた、ちょっと無口な子だ。

二人とも線が細いけれど、ふわっとした髪型と雰囲気の持田さんと対照的にミワさんは中性的で、持田さんが春のイメージなら、彼女は冬のイメージだ。

そんな人付き合いが嫌いそうなミワさんが、よりによって田沼と連絡を取り合っているって事にまずは驚いたけれど、まあ田沼らしいと言えなくもない。

それに最近気がついた――田沼はやたらと惚《ほ》れっぽい。

まあ田沼の下心は別にして、親友を亡くしたばかりのミワさんが、田沼と話すことで何か癒《いや》されているのであればいいと思う。でも話はそう単純じゃなかったようだ。

「それでさ、ミワが言うんだよ……持田が死んだのは、自分たちのせいかもしれないって」

「ああ……でもそれは……」

麦澤の表情が更に曇った。

友人の突然の死、それも自殺の可能性があるとすれば、そんな風に自分を思い詰めても仕方ない――そう思った僕と麦澤が顔を見合わせると、田沼が身を乗り出した。

「ああ、違うんだ。そういう事じゃなくて――なんつーか……正確には『霊魂さま』のせいなんだって言うんだよ」

「「霊魂さま？」」

と、僕と麦澤が声を揃えた。

でも声のニュアンスは全く違った。

驚いたように眉《まゆ》をひそめた麦澤と、『霊魂さま』がなんなのかわからない僕。

「あ……そっか、札幌だと別の言い方するのかな？」

「え？」

「ここらへんだと霊魂さまって言うんだけど――ええと、普通に言うなら、こっくりさん？」

「こっくりさんて……」

そう言われれば僕だってなんとなくわかる。確か紙に文字かなんかを書いて、その上に硬貨かなんかを置いて、動いた所の文字を読む――霊を使った占いというか、降霊術というか……。

「でもそんなの、実際は自分で動かしてるんじゃないの？」

とはいえ、そんなの子供だましの怪談の一つだと思ってた。そんな僕に、田沼は困ったように、垂れた目尻《めじり》を更に下げた。

「まあ……だいたいはそうなんだけどさ」

「大体？　じゃあ、今回は違ったの？」

「それははっきりとはわかんないけど……でもミワの話だと、持田が死ぬ丁度一週間前に、霊魂さまに予言されてたらしいんだよ」

「予言？」

「ああ――『え　い　こ　は　一　し　ゅ　う　か　ん　ご　に　し　ぬ』って」

「…………」

再び、僕と麦澤が顔を見合わせた。

「そんなの……ただの偶然なんじゃない？　ミワちゃん達の思い込みってゆーか」

不安げな表情で、それでも麦澤は否定的に答えた。僕も同じ意見だった。

「だったらいいけどさ……でもミワの話だと、コンビニの防犯カメラに映ってた持田はちょっと変で──まるで、『何かに取り憑《つ》かれた』みたいに、フラフラしてたかと思うと、突然車のほうに走って行ったらしいんだよ」

その何かが、霊魂さまだというのだろうか？　僕は背中がざわりとした。

「だけど、霊魂さまなんて、昔からある遊びだよ？　そんな怖いことに……」

『なるはずない』と、麦澤が声にならない擦《かす》れた声で呟《つぶや》く。けれど田沼は首を横に振った。

「俺もそう思ったさ。だけどミワだけじゃなくて、椎名《しいな》も、デコも、隣のクラスの伊々田《いいだ》も、みんな同じ事を言ってるんだ──持田は自殺じゃない。アイツは霊魂さまに殺されたんだって」

2

渚さんにとって、僕はどんな風にその目に映っているんだろう。

問題児、トラブルメーカー、考え無しの無鉄砲、好奇心に殺される猫……そんなところだろうか。

「ああ?」

「えっと……それで……田沼の話では、四人はその霊魂さまをやったのが、持田さんの死の原因だって思ってるみたいで。次は自分たちなんじゃ……って怯《おび》えてるんですよ」

帰宅後、田沼から聞いた話を、店の閉店作業を済ませ、リビングで珈琲《コーヒー》片手に一息ついてた渚さんに報告すると、彼は露骨に嫌な顔をした。

「それで?」

それで、と話の先を促しながらも、実際は聞きたくもないというオーラを全身からみなぎらせ、面倒くさそうに彼はソファの背もたれに深く寄りかかった。

「それでって……だからつまり、本当に霊魂さまがそんな事をしていたら、大変なんじゃないかって思って」

「………」

彼が何を考えているのか、正直言えば全くわからない。渚さんはわりと四六時中機嫌が悪そうだ。陰湿なわけではないけれど、かといってご機嫌な人ってイメージでもない。けして話しかけやすい人じゃない。

それでも彼に相談するのは、便宜上、彼が僕の保護者だという事もあるけれど、彼は天狗《てんぐ》なのだ。この天狗山周辺でおきるあやかしの事件には、本来彼が管理の目を光らせなければいけないはずなのだ。

だから僕は、怒られそうな気配をひっしひしと感じながらも、一応彼の耳に届けているのに。

だのに、渚さんは僕の問いかけに答えるでもなく、しばらく無言で僕を見つめ、そして大きく溜息を一つ洩《も》らした。

「あ……その霊魂さまって、やっぱりそんな怖いものなんですか？」

「………………」

「渚さん？」

溜息がもう一つ返ってきた。心底嫌そうな表情で。

だけど、そんな顔されても困る。

「でも──」

「怖いものであろうと無かろうと関係ない。ろくに覚悟もないお前が、安易に関わるな」

「え？」

それは確かに、僕には覚悟が足りないかもしれないけれど……。

霊魂さま──こっくりさんは、狐狗狸《こっくり》さんとも書くらしい。狐や狸の類《たぐ》いなら、むしろ田沼の専門ではないかと思うけれど、本当に狸の仕業なら、田沼にはわかるという。

だから、本当に霊魂さまが何か災いを起こしているとすれば、その正体はもっと別の何かだ。

特別親しい人ではないにせよ、知り合いがそのせいで死んだかもしれないとすれば、まったく知らんぷりするのは怖い。

「別に安易に考えてなんて……」

「同じ事を何度も言わせるな」

けれど僕の反論すら聞きもせず、話は終わりだというように、渚さんはマグカップを手にソファから立ち上がると、そのまま自分の部屋に戻ってしまった。

いつもこうだ。話したくない事は、いつだって強制終了。

「…………」

確かに僕は安易かもしれないけど、実際に生徒が一人亡くなり、他の四人は死の恐怖に怯えているというのだ。

学校の先生方にもあやかしはいるけれど、彼らはあくまで生徒であるあやかしがルールを破らないよう、その監視指導をしているのであって、校内の事件には不介入だって聞いてる。

自分に関係ないからって、無視してるのは怖いし、それに、田沼はミワさん達の事を知らんぷり出来ないだろう。

「あ」

どうしたものかと、困って思わず宙を仰ぐと、吹き抜けになった階段の手すりに寄りかかり、蝶子が僕を見下ろしていた。

「…………」

このまま声をかけたら、蝶子はすぐにそのままプイッといなくなってしまう。

わかっているから、僕は鞄《かばん》の中から、こんな時の為にと数日前に買った、綺麗《きれい》な折り紙を取り出した。

蝶子の視線を感じながら、一番綺麗な、赤い折り紙を一枚ぱらりとローテーブルに広げる。

「さんかく、開いてまたさんかく……ひらいて、真ん中をぎゅっとして、またさんかく……で、ハサミで端っこをちょっとまるく……」

「……なにしてるの？」

案の定、我慢できなくなったように、蝶子が階段を下りてきた。

普段蝶子と付き合いのある麦澤が教えてくれた、蝶子の扱い方の一つだ――蝶子は猫みたいだから、追いかけると逃げてしまう。

「……よし、できた。手を出して」

「手？」

ちょこんと僕の隣に座って、僕の手元をのぞき込んでいた蝶子が、言われるまま僕に両手を出した。

その真っ白な手のひらに、僕の自信作をちょこんと載せる――真っ赤な蝶《ちょう》を。

「蝶だよ。動画サイトで折り方を覚えたんだ。蝶子にあげるよ」

途端に、蝶子の顔に、笑顔がぱっと花咲いた。

「ルカは器用なのね……かわいいわ。でもわたし、青いのも欲しい」

「え？　あ……勿論《もちろん》いいよ、青いのね！」

「もっと、他の色も」

正直言うと、会話の糸口や、ささやかな対価のつもりだったので、蝶子がこんなに食いついてくるとは思わなかった。

結局僕は、そのまま青色、黄色、紫色に桃色と、蝶子に強請《ねだ》られるまま蝶を何匹も折らされたばかりか、何故か四角い紙風船と、ぴょこんと飛び跳ねるカエルまで折らされた。

普段大人びている蝶子が、こんな折り紙を喜ぶなんて、本当に意外中の意外だ。

だけど僕の折り紙をにこにこ見ている蝶子は、どこか幼い子供みたいだ。学校とは違い、黒髪をお下げに纏《まと》めているせいかもしれないけれど。

「他にも色々な蝶の折り方覚えたんだ。また今度折ってあげるよ」

「ええ、わかった」

いい加減飽きてきた僕に、蝶子はこくこくと頷《うなず》きながら、僕の作品を胸元に大事そうにガサガサしまう。

自分が特別不器用だとは思わないけれど、でもそんなに喜んで、大事にして貰《もら》うほどの作品でもなかったので、なんとなく不思議な気分だ。けれど、あやかしにとっては何か特別な意味があるんだろうか？

まあ蝶子の機嫌がいいのは、僕にとって非常にありがたいことだけど。

「それで……ちょっと聞きたいんだけどさ……」

このままの勢いで、と、聞いた僕に、蝶子はちょっとだけ眉《まゆ》をひそめた。

「『霊魂さま』の事？」

「ああ、うん。僕、こっくりさんって、名前くらいしか聞いたことがなくってさ」

「…………」

蝶子はそんな僕の質問に、ちょっと迷うように首を傾げて見せた。折り紙遊びをした後のせいか、普段より無防備で、幼い表情に見えた。

「あ、やっぱ教えて貰えない？」

さすがに折り紙では対価にならないか……。

けれど、蝶子はゆっくり首を横に振ると、少し身を乗り出して、真っ黒い、ガラス玉みたいな澄んだ目で、僕の顔をのぞき込んだ。

「どうして知りたいの？　なんの為？」

「それは……」

「危険な事をするなら、誰も喜ばないわ。迷惑だから」

「そうなんだけど……」

その質問に答えることを、僕は一瞬躊躇《ちゅうちょ》した。

「理由もなしに、首を突っ込むつもりなら――」

「理由はあるよ！」

それは勿論ある。ただの好奇心で関わろうとしてるわけじゃない。

「馬鹿みたいな理由かもしれないけど……田沼がさ、美和さん達を心配してるんだ。このままだったら田沼が危険かもしれない。僕は確かに覚悟が足りないかもしれないけれど……でも、田沼が危ない目に遭うのは嫌なんだ……」

「どうして？」

「どうしてって……大事だから、かな」

美和さん達の事も勿論心配だけど、どうしても無視できない理由はそこなのだ。

そんな事、蝶子にはちゃんちゃらおかしい理由だとは思ったし、案の定彼女は不思議そうに僕を見ていた。

「でも、仕方ないだろ！　田沼は、多分僕の……初めての友達、だから」

「…………」

理解出来ないとか、バカみたいだとか、罵倒《ばとう》されるかと思った。或《ある》いは嘲笑《ちょうしょう》されるとか。

だけど蝶子はそのまま僕をじっと見つめ、やがてふっと息を吐いた。

意外にも、その沈黙を破ったのは蝶子の方だった。

「そう。友達なら仕方ないわね……」

「へ？」

「だって、仕方ないでしょう？」

「え？　そうなんだ？」

「どうして驚くの？」

だって、そりゃあ驚くに決まってる。

「正直蝶子は、友達とか関係なさそうだと思ったから……かな」

少なくとも、恋や友情なんて言葉を彼女は理解出来ないような、そんな気がしていたから。

だけどそんな僕に、蝶子はうっすら寂しそうに目を細めた。

「そんなことないわ、わたしもね、ずっとともだちをまってるの」

途端に、蝶子の口から、妙に子供じみたような、幼い声がした。

「……蝶子？」

「まっててね、またあおうねっていわれたから、ずっとね、ずーっとまってるの」

「…………」

ぱっちりと、黒い目が僕を見上げた。瞬きもしないその綺麗な瞳《ひとみ》の中に、僕の姿が映っていた。

真っ黒い黒曜石。

綺麗なその輝きが、今日はとても作り物のように見えて――そして気がついた。

蝶子は瞳孔《どうこう》がいつも動かない。

まったく揺れない。

まるで、そういう模様として作られているだけのように――。

「そ、そっか……じゃあ、早く友達が迎えに来てくれるといいね」

「ええ」

それ以上見ている事に、僕は何故だか急に罪悪感のようなものを覚え、だから慌ててそう答えた。

蝶子はいままで見たことないくらい、嬉《うれ》しそうににっこり笑った。

でもその笑顔は、すぐにさあっと音を立てて潮が引くように、いつもの無表情に戻る。

なんとなく、やっぱり僕は見ちゃいけないものを見たような気がした。

「それで、霊魂さまのことだけど」

「あ、うん！　聞かせて！」

「そうね……貴方《あなた》も知るように、こっくりさんの一つよ。いろんな場所と時代で、色々なやり方と名前がある。霊魂さまは、小樽で昔から遊ばれてる心霊占いね。アメリカにも『ウィジャボード』、中国にも『フウチ』っていう、似たようなゲームがあるわ」

ただ最近は、やる人も随分減った気がするけれど……と、蝶子は言い添えた。

僕も怪談話は聞いた事があるけれど、実際やったって話は知らない。やっちゃいけない危険な遊びっていうイメージだ。

「方法はだいたい同じ。ずっとずっと昔は、箸《はし》と紐《ひも》を使ったりしたけれど、今は紙の上に、コインみたいな駒を置いて指を乗せて占うのがほとんどね」

その方法や、紙に何を書くかは、その土地、時代でそれぞれ異なり、名前もバラバラだそうだ。

でも基本はなんらかの、霊的な存在を呼び出し、自分たちの身体を依代《よりしろ》にして、自分の知り得ない筈《はず》の事を、彼らに答えて貰うのだと言う。

「それで、こっくりさんに、実際にそんな人を殺すような力ってあるの？」

「………」

その質問に蝶子は眉間《みけん》に皺《しわ》を寄せ、少し渋い顔をした。

「蝶子？」

「……難しいわね。こっくりさんには、いくつもの顔があるのよ」

蝶子は呟《つぶや》くように言うと、僕の折った折り紙の赤い蝶を取り出し、フッと息を吹きかけた。

途端にそれはひらひらと、まるで命を得たように、僕の周りを舞い始めた。けれどつい僕が触れようと指を近づけた途端、パサリとただの折り紙の蝶《ちょう》に戻って、僕と蝶子の間に落ちてしまった。

「大体はね、子供だましの占いゲームのようなものよ。だけど結果によっては、人は容《た》易《やす》く暗示を受ける――そして他の顔もある」

「他の顔――例えば？」

「そうね。一つは『降霊術』ね。実際に何かを呼び出してしまう事があるわ。そしてもう一つは『自動書記』。これは降霊術に近いけれど、自分の意思でか、無意識にか、或いは何かの力を借りて、手を動かすものよ」

蝶子はとても意味深にそう言った。自分の意思でか、無意識にか――それはつまり、自分たちで、答えを作っているって事になる。

だとすれば、美和さん達は……。

「他にもあるけれど、でもどっちにしろ渚がやめろと言ったなら、本当は関わらない方が賢明だわ」

蝶子は再び大事そうに赤い蝶を胸元にしまいながら、僕に静かに言った。

「わかってるけど……」

そんな事は僕だってちゃんとわかってる。いつだって好きで彼の言いつけに背いているわけじゃないんだ。

「私は忠告はしたわよ。あとはお前が自分で考えるのね」

何があっても私は関与しないわよ――そういう牽制《けんせい》を言い残し、蝶子はお下げ髪のしっぽを揺らし、僕に背を向ける。

「ルカ！　帰ってきたよ！　ただいま！　蝶子ただいま！　ペトラ！　渚！　迦陵《かりよう》！　僕帰ってきたよ！」

その時、ばーんと騒々しくドアを開け、ばたばた靴を脱ぎながら、榊さんが大きな声でただいまの儀式を始めた。

「おかえりなさい、今日もお仕事楽しかった？」

「楽しかった！　チョー楽しかった！　いっぱい働いたよ！」

わざわざキッチンから出てきて、榊さんを出迎えたペトラさんとは対照的に、帰宅直後のテンションMAXな榊さんに絡まれるのはごめんだと、蝶子が急ぎ足で退散する。

「おかえりなさい、榊さん」

正直言えば、もう少し蝶子の話を聞きたい気持ちだったけれど、仕方ない。

「ルカ！　嬉しいなあ！　今日もルカがいる！」

「昨日も一昨日《おととい》も、そもそももう三ヶ月も一緒にいるじゃないですか」

「そうだけど！　そうだけど！　今日もルカのいる家に帰って来れた事が、僕は本当に嬉しいんだ！」

とはいえ、こんな風に、全力で友情を表してくれる榊さんが――ブンが大好きだ。

「待っててね、今足洗ってくるから！　そしたら遊ぼうね！」

そう言ってばたばたバスルームに駆け出す榊さんを見ながら、さっきは最初の友達は田沼って言ったけれど、本当はブンだった、なんて事を思い出して反省した。

でもブンを忘れてたわけでもない。だって彼は友達や親友の枠をもう少し飛び越えて、僕の命の一部だから。

「……それにしても、榊さんってなんで、帰ってきたらかならず最初に足を洗うんですか？」

手を洗うとか、シャワーを浴びるっていうならわかるけれど……とペトラさんに問うと、彼女は声を上げて笑った。

「ずっとそうなの。多分……散歩から帰ってきたら、必ず足を洗って貰《もら》って家に入ってたからじゃないかしら？」

「ああ……なるほど。ハスキー犬時代の」

そうか、つまり彼が犬だった頃の習慣なんだ。

でも今は靴があるから、別に足の裏は汚れてないって、誰も教えてあげないんだ……。

「そんな事ないわ。人間だって毎日綺麗《きれい》にした方がいいでしょう」

僕の心を読んだのか、それとも同じ事を考えていたのか。

彼女はそう言って、僕に悪戯《いたずら》っぽくウィンクした。

3

結局夕食まで榊さんとゲームをした。

夕飯はゴロゴロさいの目に切ったジャガイモや、ピクルス、ゆで卵、鶏肉なんかを、サワークリームとマヨネーズで和《あ》えたサラート・スタリーチヌイ――つまりはポテトサラダに始まって、キャベツたっぷりの牛肉のシチー《スープ》。

それと、棒鱈《ぼうだら》の煮付けだ。干した鱈を一晩かけて戻したものを、和風に甘辛く煮付けてくれた、僕の大好物。

鱈の身がほろっと崩れるのも楽しいし、美味《おい》しい。

野菜たっぷりで、優しい味付けのせいだろうか、ロシア料理と日本料理がごちゃ混ぜの献立なのに、不思議と違和感はなかった。

サラダは日本のポテサラより、少し酸味と甘みがあって、潰《つぶ》してないコロコロのジャガイモの食感は、食べ応《ごた》えがある。

山盛りキャベツと牛肉のシチーは、味付けがシンプルな分飽きが来なくて、何度食べても美味しい。あつあつで味の染みこんだキャベツは、むしろ牛肉から主役の座を奪っている。

健啖家《けんたんか》の渚さんや榊さんのせいもあるけど、ペトラさんのご飯が美味しいおかげで、体重も少し増えた。

太ったっていうよりは、前より少し筋肉がついてきた気がする。

食事の後、ペトラさんと雑談したり、ちょっとだけ筋トレしたり、お風呂《ふろ》に入ったりして、気がつくともう午後十一時を過ぎていた。

なんとなく眠れない気分で、結局学校で読めなかった本のページを、あまり集中できずにめくっていると、スマホにメールの通知が届いた。

誰かと思ったら麦澤からで、彼女も眠れないみたいだったので、そのまま通話をすることにした。

霊魂さまに関わるなと、渚さんや蝶子に忠告されたことを伝えると、どうやら麦澤も納得だったみたいだ。

『まあ……特に大人は駄目って言うよね、危ないからって』

でも実際の所、そこまで危険なものだとしたら、もっと禁じられていると思う——麦澤はそう言った。

「それは確かにそうだよね。子供の遊びだしさ——麦澤はやった事ある？」

『霊魂さま？　んー、昔、なんとなくかな？　小学校の頃』

「どうだった？」

『やり方はともかく、よくおぼえてないんだよねー』

でも少なくとも、なにか特別怖い思いをした覚えもないらしい。

「そっか……でもやり方は知ってるんだ？」

『うん。紙と、あとおちょこがあればいいの。方法自体は難しくないから』

結局の所、本当にそんな危険な占いだったら、こんな風に広まっていないんじゃないだろうか？

昔から親しまれ、それも麦澤が小学生の頃に遊んでいるとしたら、それは言ってしまえば『その程度』の娯楽に過ぎない筈《はず》なのだ。

「五人は、放課後、教室で霊魂さまをやったって言ってたよね」

『うん』

「試しに、明日《あした》僕らもやってみようか、田沼と三人で」

『え？』

「何かわかるかもしれないし、危なそうならすぐやめたら良くないかな？」

『まあ、そうだよね……正直に言うとね、私もそこまで霊魂さまが、危険だなんて思えなかったの』

麦澤は神妙な声でそう答えた後、『わかった！　じゃあ明日準備していく』と快諾してくれた。

不安が無いと言えば嘘になる。

だけど確かめる必要があると思った。自衛のために。友達である田沼のために。

彼を守るために。

4

二日後の放課後、人がいなくなるのを待って、僕らは素早く教室のカーテンを閉めた。

暗闇は不思議だ。

普段見慣れた安全な場所、いつもならせいぜい埃《ほこり》のちいさな塊しかないような部屋の隅っこですら、薄い闇に包まれただけで、途端に恐ろしく、何か別のモノが息づいているような気がする。

「これでいいはず」

電池で火の揺らぎまで再現する、ろうそく型のランプを数個灯《とも》しながら、麦澤がフン、と鼻を鳴らした。

買ってきたという画用紙に、左端から逆時計回りで、紙の外周をぐるっと囲むように、『あ』から『ん』までと『零』から『九』まで、そして中央から少しずれた左右に『はい』と『いいえ』が書いてあった。

そして麦澤は、紙の真ん中に、おちょこを伏せてちょこんと載せた。どうやらこれにみんなで指を乗せ、動いた所の文字を読むらしい。

「おちょこって、なんか不思議だね」

「これも百均のだけどね」

でも何故か霊魂さままで使うのは、昔からおちょこらしい。

理由を聞いても、二人とも知らないという。もしかしたら鰊《にしん》番屋の人達から入ってきた風習かもね、なんて麦澤は言っていたけれど、正確なことはわからないそうだ。

机の上に紙を置き、三人でそれを囲むようにして、伏せたままのおちょこの脚の部分に、それぞれ人差し指を乗せた。

ダメだ、危険だと言われているせいか、ちょっとだけ恐怖や緊張と、そしてワクワクと紙一重の罪悪感がある。

「じゃあ、はじめるね……私とおんなじように繰り返して」

同じような気持ちなのか、こくんと一度唾液《だえき》を嚥下《えんか》してから、普段より強《こわ》ばった声で麦澤は言った。

「霊魂さま、霊魂さま、おいでください、霊魂さま、霊魂さま、おいでくださったら、はいの方におすすみください。霊魂さま、霊魂さま……」

おちょこに指を乗せ、目を閉じて繰り返し唱え始めた麦澤に、僕と田沼もぎこちなく従って、呪文を唱えるのに倣った。

でも奇妙な光景だ。

放課後の教室という、日常の中の非日常的な光景もだけれど、やっている面々がだ。

田沼は狸、麦澤はバクのハーフ。そして僕は天狗《てんぐ》の弟子（仮）で、あやかしと暮らしてるし、奥さんは既に死んでいる。

そんな面々で霊魂さま。

降霊術なら、霊魂さまよりもっと、正確性の高い儀式とかありそうな気がする……。

とはいえ、大人達はまだまだその方法を、僕らに授けてくれなそうだし、今回はきっと『霊魂さま』である事に意味があるのかもしれない。

そもそも三人とも、霊魂さまの事は半信半疑だったと思う。実際に何かが降りてくるとは思えない。

だから、三人で声を揃えて、おまじないのようなものを唱えている事に、なんとなくの気恥ずかしさもあった。

いつやめたらいいのかって事も。

そんな風に、様々な気持ちが渦巻いている中、それでも二人に倣って、もう何度目かわからないおまじないを唱えたときだった。

不意に指の下で、おちょこが震えた。

「う、動い――」

「し！」

すかさず麦澤が僕を窘《たしな》め、そしてまたおまじないの言葉を繰り返す。

やがておちょこが、まるで何かに引っ張られるように、『はい』の方へ滑り出した。

三人とも、息をのんだのが聞こえた。

「え……ええと、そうだ――霊魂さま、あなたは女性ですか？」

気を取り直したように、麦澤が努めて静かな声で、『霊魂さま』に問いかけた。

おちょこがゆっくり、『いいえ』に動いたという事は、霊魂さまは男らしい。

「霊魂さま、霊魂さま、あなたは人間ですか？」

答えは『はい』だ。霊魂さまはキツネや狸の類《たぐ》いではなく、人間の霊なんだそうだ。

一度動き始めると、おちょこはすいすいと動いた。

彼はうちの高校の生徒で、卒業間近に事故で亡くなったと告げた。そんな生徒がいるかどうかは知らないけれど、少なくとも僕らはそれを信じて――或《あ》るいは信じた振りをして——彼と会話を楽しんだ。

霊である彼は、自由にどこへでも行ける。僕らの知らない事を知っている。だから僕らの質問に、なんでも答えた——秘密にしているような事まで。

「霊魂さま、田沼君が好きな人は美和ちゃんですか」

ずっかり霊魂さまと打ち解けた麦澤が、笑いながら問うと、おちょこは『はい』に動いた。

「ばか！　お前何聞いてんだ！」

「大丈夫、バレバレだよ田沼」

真っ赤な顔で反論されたって、説得力は無いし、そもそもそんな事は、僕も麦澤も一昨日《おととい》の時点で気がついてたし。

「バレバレか……ああそうか、じゃあ俺も聞いてやるよ！　霊魂さま！　麦子の今好きな男は誰ですか！」

「えええええ！」

その質問にも、おちょこはすーっと躊躇《ちゅうちょ》なく、紙の上を滑った。

し——き——し——ま……そうつづった所で、田沼が首を傾げた。

「シキシマ？」

少なくともクラスの男子にシキシマさんはいないし、とりあえずうちの学年にはいないと思う。

思わず僕と田沼は顔を見合わせた。

「いや、うちの学校の生徒じゃないだろう？」

と、田沼が首を傾げる。

僕はそこまで学校の事を知らないので、何も言えない。

結局僕ら二人の視線は麦澤に向かった。彼女は恥ずかしげに俯《うつむ》いた。

「……四季島《しきしま》イブキ……定刻戦隊トレインジャーのブラックだよ……」

「トレインジャー……？」

思わず復唱すると、ブフッと田沼が吹き出した。

「……麦子、おめーまだ特撮と鉄道から足洗ってないのかよ」

「む……むしろ腰まで浸《つ》かってる……」

言いにくそうに、麦澤がくぐもった声を洩《も》らす。

「へえ、麦澤って特撮と電車が好きなんだ？　もうちょっと、読書とかそういうんだと思ってた」

「え、あ！　勿論《もちろん》本も好きだよ⁉」

「いいね、いろんな趣味があるのって」

特に僕は、趣味らしい趣味がないから、つくづく思う。

「ほ、本当に……？」

「うん。羨《うらや》ましい。今度教えてよ、電車とか僕全然知らないからさ」

「だ、だったら、今度一緒に手宮《てみや》にある小樽市総合博物館に行こうよ！　全国から鉄道ファンが集まる博物館だから！」

ぐいっと身を乗り出したせいで、うっかりおちょこから手を外しそうになりながら、麦澤が嬉《うれ》しそうに言った。そんな僕たちを見て、田沼がにやっとする。

「じゃあ霊魂さま、ルカの好きな女子は？」

……。

…………。

……………。

「……動かないね」

しばらく待ったけど、ぴくりとも動かないおちょこに、しびれを切らしたように麦澤がぽつりと洩らす。

「そりゃ……いないから……」

そもそも存在しないんだから、霊魂さまには答えられないだろう――とはいえ、この時点でやっぱり、僕は半信半疑だった。

何でもかんでも、妙に詳しすぎるって言うか……僕は自分で動かしてはいないけれど、僕以外の――そう田沼か麦澤が、動かしてるんじゃないか？　って思ってたからだ。

だけど他にも質問を繰り返していくうちに、それがよくわからなくなってきた。

もしかしたら、本当に誰かが――誰かの霊が降りてきて、僕らに何かを教えてくれているのかもしれない。

そう考えるうちに、なんだか段々気分が悪くなってきた。

喉《のど》の奥が苦い。あの世の水の味が、身体の奥からせり上がってくる気がする。

それになんだろう――字が、文字がおかしい。

お守りが不安定なせいだろうか？　視界の端で、まるで文字がミミズのようにのたくって見える。

そのうち二人の声が頭に入ってこなくなってきた。

身体が重い――寒い。

それに、ざわざわと、誰かがささやく声がする。

「…………」

初めは何を言われているのかわからなかった。だから耳をこらした。不明瞭《ふめいりょう》なその声は、何かをぼそぼそいっていて、かろうじて聞き取れた言葉は『手を離せ』だった。

そっか、手を離した方がいいんだ。

そうだ、いい加減もう疲れて痛いし、おちょこから指を離そう。そうしよう――。

「ルカ？」

その時、田沼が僕の手をぎゅっと握って制止した。

何をするんだってムッとしたけど、田沼の手は温かくて、それはなんだか嫌じゃなかった。

「……ルカ？」

「え？」

「何ぼうっとしてんだよお前。おちょこ途中で離すと呪われるぞ？」

「別にぼうっとなんて――」

その時、おちょこがぐん、と動いた。

「あ……」

き――か――な――い――で――

――『きかないで』。

し――ん――じ――て――

「信じる？　誰を？」

わ――た――し――を――

「私を？」

不思議そうに麦澤が繰り返す。

再びおちょこがせわしなく動いた。今までは短い単語のようにしか動かなかったソレが。

文字を一つ一つ拾い上げるとこうだ。

――だいじょうぶ　いつでも　そばにいるから
「いつでも……誰？　誰のそばにですか？」

――ルカ。


「あ……」

その時、どくんと心臓が飛び跳ねた。

こっくりさんなんて、本当はまやかしだと思うのに、だのに――。

訊《き》かずにはいられなかった。

「もしかして……叔母《おば》さん？」

刹那《せつな》。

「何をやっているんですか！」

突然ドアが乱暴に開けられたかと思うと、教室の電気が点《とも》った。

ものすごい剣幕で、教室に入ってきたのは、副担任の大崎《おおさき》先生――つまり妖狐《ようこ》先生だ。

この学校であやかしを指導している、白い二本のフサフサしっぽを持つ先生。いつものつり目が、二倍くらいつり上がっている。

「あの……」

「なんの説明も必要ありません！」

言い訳しようとした僕たちの言葉を、先生の声が一蹴《いっしゅう》した。

「学校で降霊術なんて、特に君達は絶対にやってはいけない事です！」

先生は言うやいなや、床におちょこをたたきつけて割ると、こっくりさんの紙をさっと僕らから取り上げた。そしてそれを重ねて三回ほど手で切ると、くるりと手を軽く回して振りかざす。途端、青い鬼火がふわっと舞って、こっくりさんの紙が一瞬にして燃えてしまった。

「そんな……」

人間ではない力を目の当たりにして、僕は息を吞《の》んだ。

「いいですね、もう二度とこんなことは――」

先生が怒っているのはよくわかっていた。怒られることをしたかもしれない事も。

わかっていた。僕はよくわかっていた。

だけど許せなかった。

「だからって、なんでこんな急に滅茶苦茶《めちゃくちゃ》にしたんですか！」

叔母さんが、叔母さんが降りてきてくれてたのかもしれないのに。

叔母さんと話が出来たかもしれなかったのに。

なのに、なのに！

瞬間、頭にきた僕は、先生の炎を操る手首を、ぎゅっと力一杯握った。

暴力を振るいたかったわけではないと思う。ただ許せなかったし、止めたかったのだ。

叔母さんとの繫《つな》がりが絶たれてしまうことを。

だけど先生は、そんな僕にそれはもう、かんかんに怒った。

キツネは怖いとか、性格が悪いって、日頃から田沼が言うのを実感したほどに。

でも僕はしょげて、拗《す》ねて、ちっとも反省なんて出来なかったから、先に帰された二人とは別に、居残りを命じられた。

正確には保護者のお迎えだ。親を呼んで、きちんと話をするまで家に帰せませんという、不名誉な状況に、さすがの僕も心が折れかけた。

そもそも来てくれる人なんていない。先生に何度も言ったけど、取り合ってくれなかった。

そうして午後六時を半分回った頃、その場の誰よりも不機嫌そうな表情の渚さんが僕を迎えに来た。こんな最低なことないって程最低な気分の一日になって、そういえば朝、交差点のおじさんに、『急な雨に気をつけるんだよ』と言われたことを思い出した。

5

渚さんは先生ともう話したらしい。

職員室横の相談室に監禁され、まんじりともせずにいた僕と目が合うなり、渚さんは本当に怖い顔で僕を睨《にら》み付けたばかりか、教室に残したままだった鞄《かばん》とパーカーを、乱暴に投げつけてきて、そしてぶっきらぼうに「行くぞ」と言った。

「…………」

最低最悪の気分だった。

渚さんの手を煩わせた事に対する不甲斐《ふがい》なさ、居心地悪さ。彼だってさぞ怒ってるだろう。しかも昨日関わるなって言われたばっかりだったのに。

挙げ句の果てに、先生に思いっきり反抗してしまった。きっと渚さんは、怒り心頭MAXって感じだと思う。

いいや、それ以外考えられない。

もしかしたらパンと塩の家を追い出されるかもしれない。

でも仕方ない、自業自得だし、そもそも僕は本当は、どこにいたって一人だ。僕の本当の家族なんて、もうどこにもいないんだから。

僕の家族は、肉親と呼べる人は、叔母さんだけだ。

この世とあの世、どっちを探したって、僕が親のように慕って、愛しているのは叔母さんだけなんだ。

渚さんは不機嫌そうだったけど、駐車場に行くまでずっと無言だった。

僕も何を言えばいいのかわからなかったし、何も言いたくなかった。何か言われたら、言い返してしまいそうだったから。

でも車に乗り込むなり、渚さんは助手席の僕を見て、呆《あき》れたような——或《ある》いは諦《あきら》めたような、溜息《ためいき》を一つついた。

「お前なあ……その態度。これっぽっちも反省してないだろ」

「…………」

「おい、ルカ――」

「でも叔母さんと、話せたかもしれなかった」

エンジンをかけながら、怒っているというよりは、僕をからかうように言った渚さんを、僕は睨んだ。

「先生が邪魔しなかったら、叔母さんと話せたかもしれなかったんだ！」

思わず、声が怒りで染まった。

斜に構えた彼の横顔が憎かった。

なんでもかんでも、この世の全てをわかってるような顔をして、僕の気持ちなんて全然わかってないじゃないか！

「死者との対話なんてものはな、ルカ。そんな事は百害あって一利もないぞ」

「そんな説教聞きたくない！」

「お前はわかってない。言ったはずだ。生前と死後、そいつが同じだとは限らない。そいつのフリをした、別の誰かかもしれない」

「そんな事ない！　あれは確かに叔母さんだったんだ！」

そう叫んだ瞬間、僕の中で何かが壊れた気がした。ずっと我慢していたものが。

あの時、あの節分の日、十字路で、叔母さんの声を聞いた時もそうだ。

事故だと聞いて駆けつけた病院で、叔母さんの亡骸《なきがら》を見た時も。

僕はずっと、叔母さんと話がしたかった。

僕の世界を変えてくれた人に、もっと思いを伝えたかったんだ——感謝を、気持ちを、愛情を。

まだまだ全然話し足りなかった。

僕と話がしたいと思っていたはずなのに。叔母さんは努力してくれていたのに、僕はすぐにはそれに応《こた》えられなかった。

後悔したって遅いってわかってる。でもこんな風に失うなんて知らなかった。大切な人に、その思いを伝えられるのが、こんなわずか一瞬の事だったなんて、僕はわかってなかったんだ。

「……もっと、話したかった」

そう言葉を絞り出した瞬間、涙がこぼれた。

いいや、爆発した。

涙や悲しみは冷たくて、しとしと降る雨のようだと思っていた。

愛する人の死は、自分の心の死でもあったから。

でも違うんだ。

時には弾《はじ》けるんだ。破裂するんだ。

こんな風に悲しい気持ちが外に向かって、声に、音になるなんて知らなかった。初めてだった。

大声で泣いた。

子供みたいに。

きっと生まれて初めてだ。少なくとも、叔母《おば》さんを失ってから、こんな風に僕の中の悲しみが、生きて、暴れて、僕を混乱させたのは。

まるで正気を失ったように、わっと泣き叫ぶ僕を、渚さんは静かに見ていた。

でもその顔に、笑いはなかった。怒りも、侮蔑《ぶべつ》も。

僕の見たことのない表情――もしかしたら、それが渚さんの悲しみの表情なのかもしれない。

それに気がついた途端、ぽっと悲しみの火が消えた。

心に火が付いた時と一緒で突然だった。

燃えさかる、怒りにも似た悲しみは、また冷気に戻ってしまったようで、僕は急に寒さを覚えた。

洟《はな》を啜《すす》りながらパーカーの前をかき合わせると、渚さんは乱暴に、ぐしぐしと僕の顔をスポーツタオルで拭《ふ》いた。

「……落ち着いたか？」

「……渚さん達は、降霊術はしないんですか？」

落ち着いたと言うよりは、感情が溢《あふ》れた反動でか、僕はちょっと無気力な気持ちだった。それに恥ずかしかった。感情を曝《さら》け出すのは。

そんな僕を横目で見て、渚さんは少し考えて、また車のエンジンを切った。

そうして深く溜息を吐いた。口角を上げていたから、怒っているわけではなさそうだ。

「お前の部屋は誰の為の部屋か知ってるか？」

「え……？　あの部屋を前に使ってた人はいないって、ペトラさんが」

「正確には、一年前、あの部屋を使っていたのはマリアだった——尤《もっと》も、アイツの寝床はペトラのベッドだったから、ほぼほぼ荷物置き場だったけどな」

そこまで言うと、渚さんは自分の額を手で覆った。

「……まあ、お前程じゃないかもしれないが……俺達も、別れは辛《つら》かった。それが人間という短命な生き物の常だと。理《ことわり》だとわかっていてもな。アイツは逝くのが急で、早すぎた」

天狗《てんぐ》は涙を持たないのだろうか。

それとも泣く程は悲しくないのだろうか。

ただ彼が、泣き方を知らないのだろうか。

渚さんは顔を手で覆いはしていたけれど、その目に涙は光ってなかった。

だけどその表情は、本当に寂しそうで、僕は胸が絞られるように苦しかった。

「だったら、渚さんだってわかるでしょう？　僕は叔母さんに会いたい。どうしても会いたいし、話したいんだ！」

「ああそうだな……俺だって、話せるのなら話したい」

「話せないんですか？　渚さんなら、もっとちゃんとした降霊術ぐらい——」

けれど僕のその質問に、渚さんは静かに首を横に振った。

「話していいなら、そういう風に世界は作られているだろう。わざわざ別々に作られているのだから、そうでなくてはならない理由があるはずだ」

そこまで言うと、渚さんは僕の頭をくしゃっと撫《な》でた。

大きな、大きな手だと思った。

「それに俺達の所には、マリアの代わりにお前が来た——怒ったお前の目、アイツにそっくりだぞ？」

「え？　僕が？」

「ああ。時々癇癪《かんしゃく》を起こす所もな——まったく、お前はもう少し感情をコントロールしろ。次は迎えに来ないからな」

渚さんは、そう言って軽く笑い飛ばすように言うと、車のエンジンをかけ直した。

FMラジオから流れる、最新曲を鼻歌で口ずさみながら、ハンドルを握るその横顔を見ながら、僕はまだ頭の上に残る、彼の大きな手の感触を思い出していた。

妙に懐かしい気がしたからだ。

確かに、前にもどこかでこんな風に、頭を撫でられた事がある。

でもそれは渚さんではないだろう——きっと、父だ。

僕もかつて、父にあんな風に撫でられていたのだろう。

渚さんは、僕の父親ではない。それは間違いない。だけど、まるで父のように触れてくれた彼に、渚さんが確かに叔母の友人であった事、そして今、叔母さんの代わりに僕を愛そうとしてくれている事を感じたのだった。

6

帰宅後、渚さんは僕のせいで学校に呼び出されたことには、一言も触れなかった。

帰宅するなり『手の爪を切れ』と言われたぐらいで、いつも通りの渚さんに、ほっとすると同時に感謝した。

怒ってないのか聞いた僕に、「別に怒るような事でもないだろ」とあっさり答えてくれたことも。

恐ろしい事があっても、日常は日常のまま続く。

晩ご飯は、暖かくなってきた日にぴったりな、道民大好きラーメンサラダと、アジーカっていう、独特のソースを利かせた鶏肉のグリルだった。

ニンニクと唐辛子と、トマトとコリアンダーを混ぜた、ロシアでもエキゾチックな地方のソースらしく、辛い、そしてスパイシー。

辛いけれどうま味があって、ぐんぐん食欲をそそる。味付けだけじゃなく、皮目がパリッパリなのも美味《おい》しかった。

本当は白いご飯が欲しかったけれど……。

食事を終え、お風呂《ふろ》に入り、寝室に戻った。

叔母さんが使っていた部屋。彼女が僕に残してくれた聖域。

なのに、ベッドに横になって目を閉じると、視界の端でうごめく、黒い文字が見えた気がして僕は慌てて飛び起きた。

眠気を感じてはいたけれど、なんとなく一人で寝るのが嫌だ。ブンが来るまで待とう——そう思って下に降りると、榊さんはどうやらお風呂中らしい。

リビングには、お酒を飲みながらニュースを見ている渚さんと、その隣でレースを編んでいるペトラさんしかいなかった。

平和な光景だ。

「あら、どうしたの？　眠れない？　お茶でも淹《い》れましょうか」

僕の視線に気がついたペトラさんが、にっこりと笑ってそう言った。

「いえ……」

そう遠慮したけれど、彼女はすぐに僕の気持ちを察したように、ソファから腰を上げ、自分の座っていた場所をぽんぽん叩《たた》いた——『ここに座りなさい』。

「ソチニクがあるから、眠れなくならないように、うすーく淹れた紅茶を用意してあげる。ミルクたっぷりのね」

「あの、別に冷たいミルクだけでも……」

いそいそと準備を始めようとしてくれたペトラさんに、なんだか申し訳なくてそう言うと、真顔で返された。

「おだまりなさいルカ。トヴォロークよ。子供はトヴォロークを食べるのよ」

トヴォロークは自家製カッテージチーズのようなものだ。ロシア料理によく使われるし、ソチニクもトヴォロークたっぷりなのだ。多分カルシウムが沢山取れるからなんだろうけれど。

叔母さんも、よく僕に同じ事を言っていた——トヴォロークを食べなさい、ルカ。

だけど上げ膳《ぜん》据え膳の生活は気が引ける。僕は家事だって自分で出来るのだ。

せめてお茶くらい自分でと思いながらも、鼻歌まじりにいそいそ嬉《うれ》しそうにキッチンに消えていくペトラさんを見送る。

「本人の希望だ、好きにさせておけ」

そう僕を見ないまま、ぶっきらぼうに渚さんが言った。

なんとなくわかる。リビングでくつろぐ二人に、『家族の団らん』めいたものを僕が感じたのと同じように、ペトラさんも家族の世話を焼きたいのだ。

家族ごっこと言ってしまえば、急に色々なものを軽く感じられてしまうけれど、物事は形から入る——なんて言葉もある。

家族として振る舞う事が、家族の入り口だって、叔母《おば》さんも言っていた。

「じゃあ……たくさんお礼を言って、時々お手伝いしたりします」

そう答えると、珍しく渚さんが横目で見た僕に、ふ、と微笑んだ。僕にしては珍しく、

『正解』を答えられたのかもしれない。

「あの……渚さん」

「まだ何かあるのか？」

「あ……その、霊魂さまの事なんですが」

「…………」

おずおずと切り出すと、せっかくの笑顔が露骨にしかめっ面に変わった。

「まだその話を諦《あきら》めないのか」

「そうじゃなくて――ただ、でもなんていうか、今日は確かに自分達以外の存在を感じたんです」

「……それで？」

上手《うま》く言えないけれど、僕と、田沼と、麦澤。

三人でやった霊魂さまに、何かが降りてきていたのは確かだと思う。

持田さんの死に、危険なあやかしが関わっている可能性は、どうしても否めない。

「このまま放置したくないです。友人のためにも、自分の身の回りの安全の為にも」

だからといって、僕自身に何が出来るかと言えば、それはごくわずかだ。せいぜい何かを見るだけ。

しかもお守りが不安定なせいで、今はそれすらも危うい。

とはいえ何が起きてるか、誰が苦しんでいて、それが危険かどうかくらいは、僕にだって判断できるはずだ。

本当にあやかしが人間を死に追いやっているとしたら、渚さんだって無関心ではいられないと思う。

「…………」

渚さんは決意を固めている僕を、何か言いたげにしばらく黙って見ていたが、やがて諦めたようにふ、っと息を吐いて、「蝶子！」と二階の自室にいるであろう、蝶子に大きく声をかけた。

数回呼ぶと、ややあって蝶子が階段を下りてくる。僕に呼ばれるときとちがって、どこか嬉しそうな表情だったけど、隣にいた僕を見るなり、蝶子はムッと顔をしかめた。

「……なあに？」

「お前の蝶《ちょう》を一枚貸せ」

「…………」

渚さんに言われ、怪訝《けげん》そうだった顔をさらにくしゃっと歪《ゆが》ませて、蝶子が懐から真っ白い蝶の式神を一枚取り出してくれた。

「……優しくしてね。脆《もろ》いから」

お前にこれを託すのは、本当に不本意なのである——というのを、全身から漂うオーラでこれでもかと僕に訴えながら、蝶子は僕に、まるで死んでいるように動かない、真っ白な蝶を手渡してくれた。

「あ……ありがとう」

「渚の為よ。お前の為じゃないわ」

「それでも、ありがとう蝶子」

「………………」

そっけない言葉と一緒に受け取って、少し悩んだ後、生徒手帳の間に挟んだ。制服の胸ポケットに入れておけば、すぐに出せるし壊れないだろう。

「一度だけだ。本当にどうにもならないと思った時、最終手段としてそれを使え」

大事にしまってると、渚さんが静かな声で言った。

「慎重にな。好奇心だけで動くな。心を凪《な》ぎさせろ。お前はすぐ嵐に沈みかけるからな。そして一番大事なのは自分の命だと言うことを、なにより忘れるな」

「わかりました」

そうなのだ。いつも僕は自分の中の心の波に浚《さら》われる。誰より気をつけなきゃいけない筈《はず》なのに。

神妙に頷《うなず》くと、渚さんは僕の頭を大きな手でぐしゃっと撫《な》でた。

「まあ、命の危険を感じたときは、すぐに俺か榊を呼べ。行けるところなら、すぐに行ってやる」

でももし来れないところだったら？　とは聞けなかった。

恐怖からではなくて、その時お風呂から出てきた榊さんが、「あ！」と叫んだからだ。

「いいなあ、ルカばっかり。渚はもう僕の事撫でてくれないんだよなあ」

「お前はもう十分大きいだろうが」

「えー、大きいとか関係ないよー」

濡《ぬ》れた髪を拭《ふ》きながら、ちぇー、と少し拗《す》ねている榊さんを見て、仕方なさそうに渚さんが、バスタオルで榊さんの頭をぐしゃぐしゃタオルドライしていた。

「あら、良かったわねえ」

うひゃーって顔で、嬉しそうにぐしゃぐしゃされている榊さんを見て、紅茶を運んできたペトラさんがにっこりと笑う。

たっぷりミルクの薄めの紅茶と、優しい甘さのソチニク、お風呂《ふろ》上がりの匂い、笑い混じりの声。

家族という枠に収めるにしては、すこしデコボコしているけれど、でも確かに僕にとって、ここは『家』だ。

かつてここには、僕ではなく叔母さんがいたんだろう。

ここできっと幸せだった筈だ――だから、僕をここに遺《のこ》してくれたんだ。

叔母さんの優しさや、あったかさを確かに胸に感じて、僕の頰に、涙が一筋流れた。

7

翌朝、少し緊張した僕を、ペトラさんがハグで送り出してくれた。

「貴方《あなた》に神の恩寵《おんちょう》が降り注ぎますように」

と、祈りの言葉と、頬へのキスが一つ。

「いつも思ってましたが、ペトラさんはいつも神様に祈りますよね」

「あら、十字架を恐れる方が良かった？」

「いいえ」

吸血鬼と言えば十字架が弱点だ。そんな迷信に僕らはくすくす忍び笑いを洩《も》らした。

「行ってらっしゃい、気をつけてね」

手袋越しの優しい手が僕の襟元をただし、ネクタイを整えてくれた。

「……行って来ます」

そういう事をされて送り出されるのは初めてだ。叔母さんもしなかった。

なんだか本当に、彼女が『おかあさん』みたいで、胸にグッとくる。

少なくともここには確かに、帰ってくる僕をちゃんと待っててくれる人がいるんだ。

相変わらずお守りは無反応で、怖いモノが見えない事もあって、僕はしっかりとした足取りで学校へ向かった。

初夏の朝らしい、気持ちのいい青空と、少し湿った空気の匂い。朝はまだ少し肌寒いけれど、きっとあと何週間かすれば、うだるような暑さがやってくるだろう。

昔からずっと、海水浴に行ってみたかった。今までその機会がなかったから——そんなことを考えながら、坂を下った。

「——今日は曇りだね」

途中、セコマ前の十字路の横断歩道を過ぎた時、不意に例のおじさんの声がした。

その姿は見えないので、キツネの窓をつかって覗《のぞ》く。それでもぼんやりとしか、その姿は見えなかった。

……それにしても、曇り空なんだ。今日の僕の運勢。

それは可もなく不可もなくってことか、晴れと雨プラマイ0ってことか。

捉《とら》え方はいくらでもあるな、なんて思いながら歩いているうちに学校に着いた。校門を過ぎるや否や、どーんと半ば体当たりしてくるようにして、田沼が朝の挨拶《あいさつ》をしてきた。

いや、だから犬科の人達は距離感がおかしい……。

「よ！　どうしたルカ。いつも通りシケたツラしてんな」

「……だったらいつも通りなんじゃないの？」

どうせいつもシケた顔ですよーだ。

言い返したら、田沼はゲラゲラ声を上げて笑った。冗談を言ったつもりはなかったのに。

「つーか、天狗《てんぐ》に怒られなかったか？」

「うーん……まあ、そんなには」

「そか、良かった」

だけどそれまでふざけた態度だった田沼が、急に真顔になって聞いてきたので、ちょっと戸惑った。

「心配してくれたんだ？」

「ああ……なんつーか、俺のせいな気もして……」

「別に田沼のせいじゃないよ」

「そうだけどさ……」

まあ確かに厄介ごとを運んで来たのは、他でもなく田沼自身だけど。

「でも……確かにこのままにしておくのも良くないと思った。昨日霊魂さまを実際にやってみて」

「え？　あ、ああ、まあ、確かにそうだな……」

本心を言えば、まだ半信半疑な部分は残っている。そんな見知らぬ霊が、たとえば僕らのファーストキスの時期がいつだか知っているのはおかしい（※ちなみに三人とも経験していない）。

だけどそのうち何割かは、奇妙な気配のようなものを感じたし、僕は昨日確かに、叔《お》母《ば》さんの気配のようなものを感じた。残り香のような。

「だから今日、美和さん達に話を聞いてみようと思うんだ。杞憂《きゆう》で済まなかったら、更に犠牲者が出るかもしれない」

「ああ、そうしたい」

僕の言葉に神妙に田沼が頷く。

本当のことを言えば、美和さん達の事をそこまで僕は心配していないし、介入する必要があるかどうか？　と思わなくもない。

僕はけして善人じゃないし、力不足はわかってる。

でも友人が関わっているとすれば別だ。

子供の頃から、本の中で見た『友達』は『友達』を裏切らない。

それがうっすらフィクションなのはわかってる。でも僕にこの先、友人と呼べる相手が出来るかどうかわからない。

だからそれがたとえ田沼だろうと、彼が『友人』なら、僕は全力で守りたいと思った。

長いか短いかわからない僕の人生に、自分を捧《ささ》げられるくらいの友人が、一人はちゃんと存在していたとしたら、少しは自分の人生を誇れる気はする。

そんな僕の気持ちを知ってか知らずか、田沼は意気揚々と、昼休みに美和さんのところに僕らを連れて行った。麦澤も誘ったのは、やっぱり女子と話すのには、女子が一緒の方がいいと思ったからだ。

すらっとして、身長は僕とほとんど変わらない中性的な彼女の前に行くと、いつもなんだか妙に気後れしてしまう。

「淡井《あわい》君に話すの？　どうして？」

少しハスキーな声でそう聞かれ、僕は案の定、一瞬言葉に詰まった。

「え、えと……それは……」

「え？」

美和さんは、なんで僕たちを連れてきたのかというように田沼を見たけれど、田沼はヘラヘラして答えない。

「悩んでるって聞いたから。少しでも力になりたいの」

仕方ないというように、麦澤が間に入ってくれた。

「……なんで？」

「え、ええと……田沼が心配してるっていうのもあるけど――その、持田さんがいなくなってから、みんな別行動してるみたいだから、何かあったんじゃないかと思って」

その質問に対する答えは、話し出したら自然にスムーズに出てきた。

でも別に嘘は言ってない。現にいままでいつも皆で連《つる》んでいた美和さんは、今日、教室で一人でお弁当を食べていたから。

「………」

僕の言葉に、美和さんは細めの瞳《ひとみ》をきゅっと更に細め、そして逡巡《しゅんじゅん》するように僕と麦澤と、そして田沼を見た。

その顔はむしろ怒ってるみたいで——いや、でもすぐにくしゃっと泣きそうに歪《ゆが》んだ。

「田沼の話では、霊魂さまが原因だって聞いた」

「そうだね……霊魂さまなんて、やるんじゃなかった」

美和さんは、涙こそ落とさなかったけれど、その声は上擦って震えていた。

そして彼女は教室を見回すと、場所を変えたいと言った。人目を気にするように。

でもそれは『人目』というより、一ヶ月前は親しかった友人の視線を避けようとしたみたいだった。

ほとんど手を付けてないままのお弁当を置いた美和さんと、同じフロアの奥の階段へ行った。今は使われていない教室の方なので、階段も人気《ひとけ》がないのだ。

「絵維子が教えてくれたの」

そこに着くなり、美和さんはそう切りだした。

「最初に霊魂さまをやろうって言い出したのは絵維子なの。最近絵維子、原野行動っていうバトルロワイヤル系のゲームにハマっててね、サバイバルゲームみたいに銃を撃ち合うタイプの」

「へえ……」

所謂《いわゆる》 First Person Shooter、つまり一人称視点のシューティングゲームだ。別のメーカーのゲームなら、僕と田沼も時々遊んでいる。オンラインで、ボイスチャットなんかをしながらプレイするので、わざわざ出かけないでも家で遊べるのがいい。

「それで仲良くなった人が、たまたま小樽の出身だったらしくて、それでね、霊魂さまの事を教えて貰《もら》ったんだって。昔流行《はや》ったらしいの」

大人が禁止する、少し怖い心霊ゲームは、定期的に流行するそうだ。

持田さんはその物珍しいゲームの話を聞いて、さっそく仲のいい友人と試してみた。

必要なのは紙とペン、そしておちょこなのだから、始めるのは容易《たやす》い。全部百均で簡単に揃う。

「確かに不思議でちょっと怖いし、やってみたら、すっごいびっくりするくらい当たるから面白くて。放課後毎日のように五人でやってたの――でも、良かったのは最初のうちだけだった」

「どういう意味？」

思わずというように、麦澤が階段に座ったまま身を乗り出す。一人立って防火扉に寄りかかっていた美和さんが、灰色のリノリウムの床をつま先で蹴《け》って、苛立《いらだ》ちを露《あら》わにした。

「どうしてかわからない……でも始めて一週間くらい過ぎてから、質問や答えがおかしくなってきた」

「おかしいって？」

思わず復唱した僕に、美和さんは引きつったような笑みを浮かべる。

「……本当はね、霊なんていないって思ってた。みんなも同じだったのかな。質問は日増しに意地悪になっていったの。五人のうち誰かが傷つくような質問や答えばっかりに」

「なんで？」

「なんで？……そんなの、私にだってどうしてかわからない」

最初のうちは、他愛《たわい》ない質問ばっかりだったという。

好きなもの、嫌いなあれこれ。誰が誰を好きだとか。

でもそれは日増しにエスカレートしていって、各自の秘密やついていた嘘、小さな罪の暴露大会のような体《てい》にかわっていった。

小さな秘密が、友情のお守りになることがある。小さな罪を共有しあう事で、生まれる絆《きずな》もある。

仲のいい五人組は、仲のいい二人と三人の集合体だ。あの子には教えても、この子には言えない話、誤魔化すための嘘——そういったものを、霊魂さまは容赦なく壊していった。「途中でやめようって何度も思った。だけど放課後、学校や誰かの部屋、カラオケ店とかに集まっては、毎日毎日、霊魂さまを呼び出したの」

「嫌ならやめれば良かったのに」

あんまり辛《つら》そうな顔で美和さんが言ったので、僕はその疑問を口にするのを我慢できなかった。やめればいい、嫌ならしなきゃいいのに。

「でも私がやらなくても、きっと四人でやる。そうして私の悪口をいっぱい言うんだと思ったら……一日だって休めなかったの」

とうとう美和さんの瞳から、涙がこぼれ落ちた。

「わかるよ……辛かったね」

慌てて麦澤が、その肩を優しく抱いて同調する。でも僕は複雑だった。自分が言われるのが嫌なのはわかるけれど、だからって自分が他の人の悪口を言うのをやめなければ、その連鎖は終わらないじゃないか。

「でも、なんで悪口なんて？　お前ら仲が良かったんじゃないのかよ」

そもそもの根本の疑問というように、田沼が困ったように、眦《まなじり》を下げていった。

「仲が良くたって、嫌いな部分や、許せない部分はあるよ」

それに素早く答えたのは麦澤だった。

「まあ、それはわかるよ」

僕だって田沼を無条件に好きなわけじゃない。でもそれも含めて個性だとは思ってる。特に田沼は人間じゃないから。

「でも、本当はやりたくなかった！　絵維子があんな事になって欲しくなかった！」

わっと我慢の限界を迎えたように、美和さんが声を上げて泣き崩れる。

そんな美和さんを抱き留めるようにして、麦澤はその頭や背を優しく撫《な》でた。

最初僕は、そんな美和さんの悲しみみたいな記憶を、麦澤は吸い上げるのだと思った。優しいバクの力で。

でも麦澤はそうしなかった。自分もうっすら泣きながら、彼女をただただ慰め、泣かせてあげていた。

そんな麦澤の姿に、改めてあやかしの力を使う事の難しさや禁忌、ルールを垣間《かいま》見た気がした。妖力《ようりょく》で解決する以外に、『人』として解決する方が先なんだって。

美和さんは数分ほど、そうやって麦澤にしがみついて泣きじゃくった。僕と田沼は俯《うつむ》いてその声を聞いた。何も言わなかった。

美和さんの言っていたことは理解はできるけれど、感情みたいな面ではあまり同意できなかったからだと思う。

「……わかってるの」

やがて急に我に返ったように、恥ずかしそうに麦澤から離れながら、美和さんが擦《かす》れた声で言った。

「霊魂さまなんて、本当はいないってわかってる。結局、誰かが動かしていたんだって……実際私も時々力を入れてたし。きっと私も絵維子を傷つけてたの。他の皆の事も」

擦れ声で絞り出したそれは、後悔を含んだ懺悔《ざんげ》や告解みたいだった。

「でも最初に動かした事はないの。そんな積極的じゃなくて、私は誰かに乗っかる感じで……でも本心じゃなかった。でもきっと、みんなそうだった気がする。私だけじゃなく」

だからって許されるわけじゃないけど……そう微《かす》かに呟《つぶや》きながらも、彼女は必死に理由を探しているようで、僕はやっぱり共感できない。

そんな僕の気持ちは、表情に透けていたんだろうか？ 彼女は僕に寂しげな表情を向けた。

「でもその時は、みんな変な気持ちだったの……SNSで知らない人の悪口を平気で言えちゃうみたいに。上手《うま》く言えないけれど、匿名性っていうか……だって言っているのは私達じゃなくて、全部『霊魂さま』だから」

罪の所在といえばいいんだろうか。美和さんの言いたい事はなんとなくわかった。

だけどSNS上だって、ちゃんと人はいる。悪口を言われる人は、たとえ見えない誰かの言葉にだって傷つく。

「それはただ卑怯《ひきょう》なだけで、免罪符にはならないと思うけど」

「そうだけど、少なくとも私達はお互い様だった！ それに……それにそうやって誰かを傷つけるのを、一番楽しんでたのは絵維子だった」

ぎり、と奥歯を噛《か》んで、美和さんが反論する。そこには確かな怒りの炎が見えたけれど、でもすぐに消えてしまった。

「だから——みんなもう、嫌になってたんだと思う。絵維子が死ぬ丁度一週間前。あの日の『生け贄《にえ》』にされたのは、いつも特等席みたいに守られてきた筈《はず》の絵維子だった」

持田さんがその立場になる事は、いままでほぼなかったという。

彼女の話題になったとしても、彼女の不利にならない回答か、彼女をおだてるような形になったそうだ。

だから美和さん達は、みんなうっすら感じていた。自分たちの『霊魂さま』の正体を。

自分たちが恐れている存在は誰なのかを。

そうしてとうとう溢《あふ》れたのだ、日頃の怒りが、鬱憤《うっぷん》が、ざらりざらりとした恐怖が。

「いつもより、霊魂さまは意地悪で、怖かった……普段より、乱暴な言葉で溢れていて、一番酷《ひど》かったのが、あの予言だった」

――えいこは　一しゅうかんごに　しぬ
「……こんな事言いたくないけど。私達みんな絵維子の事が大好きだったのと、同じくらい大嫌いだったと思う。でもね、だからってあれは言い過ぎだった。なんでこんな事になったんだろうって、みんな怖くなった」

行きすぎてしまったと、その場の全員が後悔した。

そんな事まで言うつもりはなかったのだと。

「だからすぐにその日は霊魂さまをやめたし、次の日もしなかった――まあ、絵維子が学校を休んだせいだけど」

このまま霊魂さまなんて忘れちゃおう、やめちゃおう……口には出さないけれど、みんなそう思っていたはずだったと、美和さんは言った。

けれど。

「でもその次の日、絵維子がまた登校してからは、意地悪なゲームが再開したの。でもそこからみんな、なんだかおかしくなったみたいに、当たり前みたいに酷い事を言い合うようになった」

大事な何かが壊れてしまったのだと、美和さんは俯いた。

たがが外れたように、霊魂さまは言葉を選ばなくなったし、みんなの質問も容赦がなくなった。

自分たちのこと、自分たち以外の他の生徒の事まで、日常のあらゆる不満を毒のようにまき散らす。

他愛《たわい》ない心霊ゲームは、いつの間にか下世話で残酷で、グロテスクな処刑会のようになった。

「………………」

さすがにその話に、麦澤も眉《まゆ》をひそめ、こくんと不快感を唾液《だえき》と一緒に飲み込んだようだった。

「そして……一週間後、絵維子が本当に死んだ。絵維子のお母さんが、自殺だったたって言ってた。心の半分では、始めたのも、壊したのも絵維子、絵維子の自業自得だと思ってる」

絵維子が死ななければ、別の誰かが死んでしまったかもしれないと——それはもしかしたら、自分だったかもしれないと、美和さんは小さな声で言った。

「だけど……だけどそもそも霊魂さまなんて、やらなきゃ良かった」

誘われても断れば良かった、一回二回でやめれば良かった。

「絵維子だってわかってたんだよ、きっと誰かが——ううん、私達みんなが、絵維子に死ねって言ってるんだって……」

うつろな瞳《ひとみ》で美和さんが呟いた時、廊下に予鈴が響いた。

美和さんは我に返ったように、瞬きを数回して、急に寒さを覚えたように自分の両手で身体をかき抱く。

そんな美和さんに、麦澤はハンカチを差し出したけど、美和さんは受け取らずに手の甲で残った涙を拭《ふ》いた。

「おちょこを最初に動かしたのは私じゃなかった。私以外の誰かが、絵維子に最初に呪いの言葉を掛けたの……だけど止めなかったんだから、私も同罪なんだよね……私が絵維子を殺した……」

彼女はそこまで言うと、力なく教室の方を振り返って、もう行くね、と言った。

憔悴《しょうすい》しきった美和さんの肩を、田沼が慌ててぎゅっと摑《つか》む。

「でも美和が最初に動かしたんじゃないんだろ？　途中で手を離すと呪われるっていう

し、そもそも離せる雰囲気じゃない事ぐらい、俺だってわかるよ！」

「だけど絵維子にとっては、同じ意味だった！」

確かに誰が最初に動かしたとしても、美和さんが動かしていないとしても。霊魂さまの予言に耳を傾けていた持田さんにとって、おちょこに触れていた人全てが『敵』だっただろう。

「霊魂さまが絵維子を殺した。私は霊魂さまの一部だった。私が絵維子を自殺させたの」

そう血を吐くような苦しげな声を絞り出すと、美和さんは田沼の手を振り払い、廊下を駆け出した。

8

もっと何か、邪悪な力が働いていると思っていた僕は、美和さんの話を聞いて正直拍子抜けした。

美和さんの話を聞いて、放課後になっても田沼と麦澤はすっかり気落ちした表情だ。

「絵維子ちゃんは、確かに雰囲気が明るくて、目立つし、可愛いし——蝶子ちゃんがいなかったら、きっとクラスの女王様だったと思う」

なんでもハキハキ言うし、ちょっときついところがあるらしいけれど、自分の意見がある人間は魅力的に見える。苦手視する人と同じくらい、好感を抱いている人もいるだろう。

「美和ちゃんは確か小学校から一緒だった筈だし、物静かだから……たまにね、絵維子ちゃんが言い過ぎてるなって、思う事はあった。勿論《もちろん》仲良しだからっていうのもあっただろうけど」

仲がいい親友二人の関係が、100%良好ではなかった事は、美和さんの話でよくわかった。だったら僕らが関わることではない気もする。

これはあやかしの事件ではなくて、悲しい人間の物語だ。

「とはいえ、本当に霊魂さまに呼び出されたモンが、介入してないって決まってるわけじゃないし、一応、他の三人にも話を聞いた方が良さそうだよな」

帰り支度をはじめ、教室から出て行くクラスメートを見ながら、田沼が言った。

確かにそうだ。内心その証明が必要なのか疑問ではあったけれど、僕らは淡い希望を胸に、残りの三人と話す決意をした。

隣のクラスの伊々田さんは、申し訳ないけれどまったく印象が無いし、持田さんよりふわふわーとして可愛いイメージの椎名さんと、ちょっとギャルっぽいデコさんこと小《こ》井出《いで》さんは、女子女子していて美和さんより苦手だけれど、仕方がない。

丁度一人で寂しそうに教室を出て行く椎名さんに声をかけ、僕らはそのまま彼女を近くの公園に誘った。

えー？　なになに？　と、愛想良さそうな態度だったけれど、普段話さない僕たちに誘われて、怪訝《けげん》そうだったのは確かだ。

だけど、美和さんから五人のやっていた霊魂さまの話を聞いたと切り出した途端、彼女の顔色が変わった。

「最初に動かしたのは私じゃない！」

「え？　あ、あの……」

「本当だよ⁉　信じて！　確かに絵維子のせいで、浜口《はまぐち》君と別れる事にはなったけれど、だからって死ぬだなんて言わないよ！　本当だから！　だいたい霊魂さまなんて怖かったし、私最初からやりたくなかった！」

僕らが何か聞く前に、怒濤《どとう》のような勢いで椎名さんが言った。

「でもやらないと絵維子が怖いから、参加してるフリをしていただけだもん！　私全然力は入れてない！　指乗せてただけだよ！　本当に！　私は動かしてない！」

「え、ええと……」

「本当だよ……確かに絵維子の事、怒ったり、許せなかったりもしたけど……」

そこまで言うと、椎名さんの両目から、途端にぶわっと涙が溢《あふ》れた。

「それでも友達だったもん……浜口君より大事なのは絵維子だったから、それでも友達を続けてたんだから……」

突然わあああんと声を上げて泣き出した椎名さんに、僕たちは正直困惑した。

三人で目を見合わせる。まるで彼女を虐《いじ》めているような気がする。

麦澤は、そこでやっとはっとしたように、椎名さんをベンチに誘った。

僕らはそのまま椎名さんの気持ちが治まるまで、随分長い間ベンチで彼女を見守った。なんて言葉をかけていいかわからなかったから。

日が傾きはじめて、空気が冷たくなり始めた頃、やっと椎名さんの気持ちが治まったみたいで、彼女はえっくえっくと喉《のど》をひきつらせながらも、それでも僕らに「ごめんね」と言った。

気にすんなよ、と声をかけて、近くの自販機に田沼が飲み物を買いに行き、その間に麦澤はハンカチとティッシュを椎名さんに差し出す。僕は一人手持ち無沙汰《ぶさた》だ。

「持田さんと、本当に仲が良かったんだね……」

そう切り出すと、彼女は洟《はな》をかみつつ頷《うなず》いた。

「中学二年の時小樽に引っ越してきて、クラスに馴染《なじ》めなかった私に、隣のクラスだった絵維子がわざわざ声をかけてくれて……。それで私、学校行くの楽しくなったんだ。同じ高校に入って、やっと同じクラスになれたんだから……」

本当は、焦って答えたところとか、大げさなくらいに泣いてた事とか、ちょっとだけ嘘っぽいなって思ってた。

だけどとつとつと話してくれた、ささやかな二人の思い出に、僕はその考えを改めた。

二人で水族館に行ったことや、札幌の夏祭り、中島《なかじま》公園で迷子になりかけた椎名さんを、持田さんが必死で捜してくれたこと——。

「嫌だなって時もあったけど、絵維子の事は嫌いじゃなかった」

ぐずぐず、洟を啜《すす》って椎名さんが言った。

「美和は私が最初に動かしたと思ってるの？　私は本当に動かしてない。みんなどうかしてたんだよ、あんなの……」

「それは美和さんも言ってたけど……」

「美和も、デコも、伊々田ちゃんも、絵維子の事は内心嫌ってたと思う……最初に動かしたのは、この三人の誰かだよ！」

語気の強い反論は、悲しみが怒りに変わった証《あかし》だ。情緒不安定と言ってしまえばそれまでだけれど、その不安定さも含めて、僕は椎名さんが嘘をついているとは思えなかった。

「でも美和は――」

「美和だって！」

とはいえ、美和さんが嘘をついているとも思えない。それは田沼も同じだったようで、彼はそう言って片思いの相手を守ろうとした。

でもそれは椎名さんに遮られてしまった。

「美和だって、最近絵維子のせいで怪我をしたの。絵維子がふざけて突き飛ばしたせいで、階段を何段も落ちた。酷《ひど》い痣《あざ》が出来てた……理由なんて他にもいっぱいあるよ。デコだってそう……」

それ以上先は、また再びこみ上げてきた涙に遮られた。

「普段は仲いいフリしてるけど、いっつもフリだけだった……もうみんな信じない。私、絶対に許さないから……」

涙を流しながら、赤く染まった夕焼けを背にした椎名さんが、低く、昏《くら》い声で言う。

そこに嘘は見つけられなくて、途方に暮れた。

僕らは誰のために、なんのために、彼女たちの傷口を開いているのだろうかと。


その日帰宅してからも、その迷いは消せなかった。

渚さんに説明するのもそこそこに、自分の部屋に引きこもる。

美和さんと椎名さんの後悔や痛み、苦いものを抱えて眠りについた僕を、狭間《はざま》の時間の静かな海で、千代子《ちよこ》さんが待っていてくれた。

目が合って微笑んでくれた拍子に、彼女の腐った身体からフナムシや海藻が、ずるべたっと落ちるのは愛嬌《あいきょう》だ。

繰り返す波音を聞きながら、僕が話す昼間の出来事に耳を傾けてくれる千代子さんに、僕は感謝した。

彼女は死者で、多分ここは長くいてはいけない場所。

本当は親しくなるべきじゃないとわかっていたけれど、僕の奥さんはとても優しい。

ここは静かだ。

ずっとここにいたまま、面倒な事ばっかりの現実に戻りたくないと思った。

だけどいい所で、ぐるぐる唸《うな》るブンの声に起こされた。

ごわごわした毛並みの感触が、僕が生きている事を再確認させてくれる。

あの夜と朝の間の海のように、僕もこの世とあの世、本当はどちらにいたいのか見失いそうになって、僕はブンを強く抱きしめた。

9

翌日の昼休み、デコこと小井出さんを、昨日美和さんと話した階段の踊り場に呼び出した。

「はぁ？　今更犯人捜しってこと？」

霊魂さまについて聞きたいと言った僕らに、デコさんは第一声、とても嫌な顔をした。

「そもそもあんなの、誰も楽しんでなかったはず――絵維子以外は。全部あの子の自業自得。蒸し返したりしないでよ！」

下ろしたサラサラの長い髪を揺らし、吐き捨てるようにデコさんが言う。

やたら短くした制服のスカート、太ももがむき出しの女子は僕の苦手なタイプだ。目のやり場にも困るし、風邪引くんじゃないかって思う。

だから彼女の強い口調に俯《うつむ》くわけにもいかず、僕は首を傾げて、答えに困っている僕たちの状況をアピールした。

「そんな絵維子にみんな嫌気が差してた。私も同じ。だからきっと、そんな絵維子にお仕置きのつもりだったんだよ」

「でも……美和も椎名も、最初に動かしたのは自分じゃないって……」

美和さんや椎名さんとはまた違う、独特の威圧感に、田沼が気圧《けお》されながらも答えた。

「はぁ？　今度は責任の押し付け合い？」

「そういう事じゃないんだよ？　デコちゃんを疑ってるわけでもないし……」

麦澤もちょっと言いにくそうに訂正したけれど、デコさんはフンと鼻を鳴らしてそっぽを向いた。

そもそもこうやって聞きに来たんだから、まったく自分に疑いがかかってないとは、彼女だって思わないだろう。

「おちょこを最初に動かしたのは私じゃない」

むっとしたような表情で、デコさんが僕らを睨《にら》む。

「美和と椎名じゃないなら、伊々田か――持田本人でしょ」

「え？　絵維子ちゃん本人が？」

「そうじゃないの？　だって他に誰がいるの？　二人は否定してる。私じゃない。だったら、残りは二人のどっちかでしょ？」

「…………」

驚いた声を上げた麦澤を、更に軽蔑《けいべつ》するように睨みながらデコさんが言った。

確かに理論的にはそうなるけど、でもいくらなんでも持田さん本人っていうのは、ちょっと考えにくいんじゃないだろうか？

「……椎名さんは、君が持田さんを憎んでたって言ってた」

仕方なく、僕はそう切りだした。

「逆に聞くけど、持田を本気で好きな人間なんていたの？」

「え？……そんなに？」

「持田は、アイツは、ズッ友だよ、なんて言ったその口で、私の悪口を他の子に言うような、そんなサイテーな奴だったからね」

それを聞いて、はっとしたように麦澤が反論しかける。

「あ！　あの時は、本当に悪口じゃなかったんだよ!?　そうじゃなくて――」

「あの時の事だけじゃない！」

けれどそれを、強い口調でデコさんが遮った。麦澤がしゅんとしたように、僕と田沼を見る。

「……前に、絵維子ちゃんとTVの話をしてたの。それで、ある女優さんのネイルがデコりすぎててウザいよねって、その話をしていた時に、たまたまデコちゃんが教室に……」

「そうじゃない、わかってないんだよ麦澤は」

たまたまじゃない、とデコさんが首を横に振って言う。

「持田は、私が教室に戻ってくるタイミングを見計らって、わざと、私が誤解するような言い方をして、私の反応を楽しんでたんだ。持田はそういう根っから意地の悪い奴だから」

「そんな……」

「だからって私まで嫌な奴になったら、持田達と同じ生き物になるでしょ！　最初に動かしたのは私じゃないし、動かした事もない。おちょこはいつも、私以外の連中が動かしてた。みんな自分が犯人になりたくないから、誰かのせいにしてるだけ！」

でもそこまで言うと、デコさんは自ら怒りを静めるように、無理矢理深呼吸を二つくらいした。

「……なんてね、でも本当はさ、『最初に動かした奴』だけが犯人じゃなくて、『その場で止めなかった奴』全員が犯人なんだよね。虐《いじ》めと同じ」

それは、美和さんも言っていたことだ。

「だけど虐めと同じだから、簡単には止められなかった。『次は私』になるのが怖いから」

善悪で全てを量るなら、それは友人を裏切るような正しくない事かもしれないけれど、誰だって自分の事は大事だし、いつもまず自分を守れって、渚さんも言う。

たとえ理由があったとしても、自分で自分を終わらせる行動は、やっぱり正しくはないと思う。

　だからデコさんの言うことも正しいし、仕方ない――だけど、そんな簡単に割り切れる事じゃなかった。

「……きっとみんな後悔してるんだ。霊魂さまなんかやるんじゃなかったって。そもそも持田と友達にならなきゃ良かったのかも」

「そうだぜ、なんで嫌ならもっと早く離れなかったんだよ」

　おずおずと田沼が問うた。

　仁王立ちで、威圧的に腕を組みながら、僕らを睨んでいたデコさんが、その時初めて視線を落とし、寂しげに口角を上げた。

　でも彼女は何も言わず、軽く頭を振って、もう話は終わりだと仕草で告げた。

「とにかく、私は動かしてない。持田に死んで欲しいと思ってた訳でもない。美和と椎名が違うって言うなら、伊々田か持田が犯人。とりあえず伊々田に聞けばはっきりするんじゃない？　美和と椎名が嘘をついてなきゃだけど」

「伊々田か……おれもよく知らないんだよな」

「伊々田は隣のクラスだし、私も正直よく知らない。持田の友達だったから、時々連《つる》んでただけ。多分私達の中なら、椎名が一番仲がいいんじゃなかったっけ？」

　ちょっと眉間《みけん》に皺《しわ》を寄せた田沼に、デコさんが肩をすくめた。

　僕らは単純なのかもしれないけれど、デコさんも嘘を言っているようには思えなくて、僕らは最後の一人、伊々田さんから話を聞くことにした。

とはいえ声を掛けにくいから、ひとまず椎名さんにもう一度声をかけた。

「私じゃないよ、美和じゃないかな？」

そう言われ、美和さんに声をかけ直したけど、彼女も伊々田さんと一対一で話した事は無いらしい。

それでも彼女は一緒についてきてくれるという。

だから放課後四人で隣のクラスに行き、麦澤が面識のあるっていう女子に、伊々田さんを呼んでもらう事にした。

「伊々田さん？」

けれど、ちょっと童顔なその子は、ぱっちりとした目をさらにまん丸くして、一瞬戸惑ったような顔をしてみせた。

「伊々田——ええと、下の名前は思い出せないけど、時々私達と遊んでた……」

美和さんの質問に、彼女は困ったように少し悩んだ後、けれど唐突に「ああ！」と声を上げた。どうやら伊々田さんは、あまりクラスに馴染《なじ》めていない部類の生徒らしい。

「伊々田さんね？　えーと、今日は休みじゃなかったかな？　最近休みがちだったはず」

「え？　最近？」

「うん。ここ二〜三週間か」

「………」

四人で顔を見合わせる。三週間前だとしたら、持田さんが自殺してから、伊々田さんは学校を休みがちということになる。

「あの、どこに住んでるか知ってるかな？　僕たちお見舞いに行きたいんだけど」

美和さん、椎名さん、デコさん。三人とも最初に動かしたのを否定しているのだから、『霊魂さま』の悪意の正体が、伊々田さんにある可能性は否めない。

わかっていたけれど、やはり責任を感じて休んでいるとしたら、美和さんとしては複雑だろう。

でも僕にはもう一つだけ心配があった。

もし、伊々田さんが、本当に霊魂さまに取り憑《つ》かれていたとしたら――？

そう思って、伊々田さんの家について聞いたけれど、麦澤の友人は伊々田さんの家を知らなかった。そのまま伝言ゲームのように、隣のクラスの生徒数人を跨《また》いで、やっとの事で伊々田さんの住所を聞き出すまでに、ゆうに三十分以上かかってしまった。

けれど、このまま四人で伊々田家を訪ねよう、となったところで、田沼が困ったように切りだした。

「俺、ちょっと予定があるんだよな……」

「私も塾の日」

と、麦澤も言いにくそうに言う。

「私は行く」

最悪一人か……と思ったところで、美和さんが挙手してくれた。良かった、知らない人の家をいきなり訪ねて話すなんて、ハードルが高すぎる。

「うぐ……」

でもそんな僕と美和さんを見て、田沼が低く唸《うな》った。

四人で下校しようと生徒玄関に向かいかけ、忘れ物を思い出した美和さんが一度教室へ戻った。その隙に、田沼が急に僕の肩に手を掛けてくる。

「ルカ……お前、親友だよな？」

「え？　親友だったの？」

「お前……」

「あ、いや、いいよ親友でも」

じとっとした目で睨《にら》まれて、慌てて訂正する。

「いいよ？……まあいいや。お前、俺の親友なら、言いたいことはわかるよな？」

「え？　何？　まったくわかんないけど」

「……………」

そんな風に睨まれても、全くわからないものはわからない。仕方ないじゃないか……と僕は苦笑いで首を傾げると、田沼は僕の首根っこを、ガッと摑《つか》んできた。

「何するんだよ！」

「うるせえ！　美和に何かしたらタダじゃおかないからな」

「しないよ、何考えてるんだよ」

「何かあったら速攻、蝶子に言いつけるぞ？」

「蝶子に？　別にいいけど……」

「えええええ？」

　そんないまいちかみ合わない田沼と僕のやりとりを、麦澤は苦笑いで見ていた。

　戻って来た美和さんと、四人で学校を出て、そのまま校門前で田沼と麦澤の二人と別れる。僕らはまっすぐ伊々田家を目指すのだ。

　田沼はまるで羨《うらや》ましいみたいな口ぶりだったけど、正直美和さんと二人きりはすごい気まずい。

　何を話していいのか全くわからない。

　しかも学校から伊々田さんの家は、そこそこ距離がある。

　こんな居心地悪い時間なんてない。

　でも美和さんも同じ事を思ったらしい。彼女も何か話をするわけではなく、そもそもそれを拒むように──或《ある》いは、僕が気を遣わないで済むように──すぐにイヤホンをして、音楽を聴きながら歩き始めた。ちょっとほっとした。

　彼女のイヤホンからシャカシャカ音漏れする、流行の歌を聴きながら、黙々と普段歩かない道を歩いた。

スマホのナビがあるので、道を間違えはしないけれど、小樽の街はまだまだ、僕には知らない風景、知らない表情がある。

知らない風の匂い、見たことない空、見慣れない海と山の風景。知らない公園のブランコに、僕はいつも違和感を覚える——ここは僕の街じゃない、なんて。

いつかここが、僕にとって本当の意味で故郷になる日が来るんだろうか……そんな事を考えながら、美和さんと二人で黙々と歩いた。

やがてたどり着いた伊々田さんの家は、少し古めかしい佇《たたず》まいだ。傾斜のある青い屋根に、築年数を感じる。

小樽らしいと言えばいいのかもしれないけれど。

「ここだね」

表札を確認すると、『伊々田』になっている。

なんとなく深呼吸を一つして、美和さんの顔色を窺《うかが》うと、彼女も頷《うなず》きを返して来たので、ちょっと緊張する手でインターフォンを押した。

ややあって、『はーい』と明るい女性の声がした後、インターフォンのモニターで確認したのか、『美和！　どうしたの？　来てくれたんだ！』と嬉《うれ》しそうな声が、少し割れた音で響いた。

「え？　あ……ずっと休んでるって聞いたから、心配になって……」

『ありがと！　今親いないし、鍵《かぎ》開いてるから、勝手に入って！』

言われるままドアノブに手を掛けると、確かに鍵はかかってなかった。少し不用心だと思いながらも、ドアを開ける。僕も一緒でいいのかな？　って思いながら、そのまま二人で少し暗い玄関に身を滑り込ませた。

「お邪魔しまぁす」

美和さんが少し間延びした声で言った。でもその瞬間、僕の全身の体毛がザワッと総毛立った。

「…………」

何が起きたのかすぐにはわからなかった。だけど喉《のど》の奥が急に苦くなって気づいた——ああ、僕はまた、『あちら側』に近づいているのだ。

「くそ！」

慌てて一旦閉めたドアを開けようとしたけれど、鍵もかかっていないのに、ドアはビクともしなかった。

「開かない！」

空気がぬめるように重く、冷たい。

美和さんは多少の違和感を抱いたように、不思議そうな表情ではあるものの、状況を把握せずに靴を脱いで家に上がろうとしていた。

そんな彼女の腕をぎゅっと掴む。

「美和さん!!」

「え？」

　この空気には覚えがあった。粘度があって、覆い被《かぶ》さってくるような威圧感。あの家だ、千代子さんのお母さんの家、僕とブンが幼い頃遊んでいた家。でも……大きくなった僕を、そのまま飲み込んで閉じ込めようとした場所。

――ねえ、どうしたの？　おいでよ美和……。

「行っちゃダメだ！　僕から絶対に離れないで！」

　部屋の奥から聞こえた声に、身を乗り出した美和さんの手を、更に強く僕は摑んだ。

　どうしたらいい？　どうしたら逃げられる？　今日は僕一人じゃない。

　考えろ、冷静に、考えるんだ！　逃げるな！　落ち着け！

　気を抜けば、恐怖に攫《さら》われそうになる自分の心を怒鳴りつけ、僕はもう少し警戒しておくべきだった事を強く後悔した。

10

「美和さん、伊々田さんってどんな生徒？」

「え？」

「隣のクラスだし、そもそもそんな知らないけど、僕は特に彼女を知らないんだ！」

どんなに記憶を辿《たど》っても、僕は伊々田さんの姿や声を思い出せなかった。

ただそういう生徒はいたな、っていう印象だ。

でもおかしかった、全く想像もつかないのに、その存在は覚えてるなんて。

「え？　伊々田は……伊々田は……」

「どんな顔？　身長は？　具体的な特徴を教えて！」

「具体的？」

その質問に、美和さんの顔からさっと表情が消えた。

「……わからない」

「わからない？」

「ええ……わからない。思い出せない……何で？　放課後毎日一緒に霊魂さまをやっていた筈《はず》なのに……」

混乱を隠せない表情で美和さんは自分の口元を押さえた。

「なんで持田さんと仲が良かった⁉　いつから？　何がきっかけ？」

「いつ？　わ、わかんない。いつの間にか……気がついたら、いつの間にか私達の中にいた」

呆然《ぼうぜん》と美和さんが呟《つぶや》く。思わず語気が強くなる自分の声を必死で抑え、改めて問う。

「覚えている一番古い記憶はいつから？　大事な事だから、落ち着いて考えてみて」

「わからない！」

「大丈夫。落ち着いて、きっと思い出せるから」

がくんと玄関の冷たいタイルの上に、膝《ひざ》から崩れ落ちた美和さんを再び立たせるように支えながら聞く。

美和さんは一瞬泣きそうになった自分の顔を両手で覆って――そして、はっとしたように顔を上げた。

「覚えてるのは……霊魂さまを、はじめた時から」

その時、視界の端がぐんにゃり歪《ゆが》んだ気がした。同時に何かがゆっくりと、部屋の奥の方から近づいてきている気がする。

このままじゃダメだと、制服の胸ポケットから、蝶子の式神を取り出した――けれど、蝶《ちょう》はウンともスンとも言わない。

きっとここは別の場所なのだ。別の時間なのかもしれない――とにかく、今は蝶子の力が届かない場所。

「榊さん――ブン！　渚さん！」

そう二人の名前を叫んだけれど、それも届いている気がしない。ぞっとした。僕は無力だ。

「でも、とにかく逃げなきゃ」

そうだ、このままではダメだ。どうにかしてこの家から逃げなきゃいけない。

僕は再び自分を奮い立たせ、美和さんの手を掴《つか》んだ。

「一緒に逃げよう。とにかく外に出るんだ、ついてきて！」

足が震えて立てない彼女を鼓舞する。ぎゅっともう一度強く手を握りしめると、それでも彼女は僕の手を握り返してきた。

土足のままとは思いながら、ここがどこに繋《つな》がっているかわからないので、そのまま強行する。

廊下は二方向だ。まっすぐ正面と向かって左側。正面から何かが近づいてきている。だから僕らは左の廊下を選んだ。

でも普通の民家だ。一階の廊下が、こんな長いわけないだろう。わかっていたけれど、それでも長い廊下を走り出す。

他に道はないから仕方ない。視界の端、壁や床に炭で描いたミミズのような文字がうねるのが見える気がする。

「変だ……」

何十メートルも走ったような気がしたところで、やっと何かのドアが目に入った。

ええいままよ！　とドアを開けると、そこはリビングだった。

なんとなくの既視感は、きっと老婆の家と同じ印象だからだろう。少し古いインテリアにそれを感じる。

「あ……」

そこで美和さんが、荒い息を吐きながら、不思議そうに声を上げた。

「ここ……思い出した……」

「思い出した？」

「うん……ここ、絵維子の家だ」

「え？」

「絵維子が子供の頃住んでいた家と同じ……でもそんな筈ない」

「どうして？」

「……もう存在してないの。もう何年も前に取り壊して、絵維子の家は今は別の場所に建て直してる……」

そこまで言うと、美和さんはひゅっと音を立てて息を吸った。

「なんで？……なんで私、ここにいるの⁉」

美和さんが叫んだ。その瞬間、部屋の奥、真っ暗でよく見えない、奥の仏間の方から、誰かの呼ぶ声がした。

——美和。そこにいるの？

「……絵維子？」

――こっちおいでよ。一緒にあそぼ……。

慌てて僕は呆然と、声の方に気を取られた美和さんの手を引いた。これは聞いちゃいけない声。死者の声に騙《だま》されてはいけない。

本人かもしれないし、違うかもしれない。本人だとしても、生前そのままとは限らない。信じちゃいけない。この世と、あの世は別の世界だ。大好きな人の声だとしても、それはもう聞いちゃいけない声なんだ。

「逃げよう！」

「でも絵維子が呼んでる！」

「違う！　持田さんはもう会えない人だ！　聞いちゃダメだ！」

不思議だった。

いつもは僕が美和さんの立場だ。でも今はわかる。冷静になれば、客観的になれば。とても寂しくて、可哀相で、胸が締め付けられると思った。死んでしまった大好きな人の声から、耳を背けなければならない悲しみが、自分の事のように痛い。

いつも僕を、渚さんはこんな風に僕を見守ってくれてるんだろうか。

そう思ったら、美和さんの手を絶対に離せないと思った。

「走って！」

幸い美和さんは、まだ混乱しているようだった。でも当たり前だ。僕だってそうだった。

せめてスマホが通じたら良かったけど、残念ながら圏外だ。

混乱しているおかげで従順な美和さんの手を取り、再び急いで走り出す。

長い廊下、いくつものドア。でもそのどれもがいびつでおかしい。出口が見えない。

「なんで……どうして？　もうここはコンビニが建ってるはずなのに……」

やがて走りながら、美和さんが泣き始めた。

「きっと、『今』じゃない時間なんだ」

「どういう事？」

「わかんないけど……とにかく逃げなきゃダメだ。でもいいこともあるよ、ここが持田さんの家なら、間取りは覚えてる？」

「な……なんとなく」

「出口を探さなきゃ。他に……裏口とか、大きな窓とか、外に出れそうな場所……外に繋がっているところ」

「そんなのわかんない……子供の頃なんだもの……」

確かに幼い頃だったとしたら、記憶が薄れている以前に、単純にわからないという事もあるだろう。それにそもそも間取りは滅茶苦茶《めちゃくちゃ》になっている筈だ。

でも、それでもまったくがむしゃらに走るよりはいい。

何かヒントがないか……そう思っていると、美和さんが、はぁはぁと上がった息で、それでも「あ！」っと気づいたような声を上げた。

「何か思い出した？」

「うん。絵維子のお兄ちゃんの部屋、確かベランダがあったはず」

「じゃあ二階？　じゃあ階段を探すのに集中しよう」

そう言うと、美和さんは震えながらも「うん」と力強く答えた。逃げられるという希望の光が見えたからかもしれない。

やがて走り続けた先、美和さんが「あの先！」と叫んだ。

「こっち！　ここを曲がれば階段が――」

そう言って美和さんが歩みを速める。そろそろ僕の心臓と肺も限界に近い。はあはあと息を荒く吸いながら、美和さんと一緒に廊下を曲がった。

「変だ……ここ、どうして？　階段……本当はここに階段があるはずなのに！」

僕らの目の前にあったのは、一枚のドアだけだった。

「間取りが変わってるんだ。また探そう」

「どうしたらいいの？」

「悩んでる暇があったら動くしかない！」

今この時だって、壁や暗闇のあちこちから、黒いミミズが這《は》い出して蠢《うごめ》き、後ろの方から、何かの気配がゆっくり僕たちに近づいてきているのがわかる。

覚悟を決めて、目の前のドアを開けた。

「ダメ！　台所だよ！　階段じゃない！」

美和さんが悲鳴を上げた。

「わかってる、でもとにかく入ろう！」

後戻りは出来ないのだ。僕らの背後には、もう既にナニカが迫ってきている。

だけど台所に入って、僕は自分の大きな失敗に気がついた。

別の部屋に繋がるドアがないか、見回した。

でも、なかった。

あるのは小さな窓だ。でも外側に格子状の柵《さく》がある。この窓からは出られそうにない。

せめてドアに鍵《かぎ》を掛けられたらと思うけれど、それで足止めが出来るかどうかさえわからなかった。

気配は近づいてくる。

「淡井君……」

怯《おび》えた声を上げて、美和さんが僕を見た。

でもしん……と静まりかえった、薄暗い台所で、僕らは息を潜めるしかなかった。

ああ、どうしたらいい？　いったいどうしたらいい？

焦って考えがまとまらない。喉《のど》の奥が苦くて堪《たま》らないし、足首の古い傷が痛かった。

「……ひっ」

その時、美和さんが小さく悲鳴を上げた。

彼女の視線の方向を追う。

美和さんは水道の蛇口を見ていた。

そこからひた、ひたと、水がしたたっていたのだ。

思わずそれを見つめると、やがて水道はごぼ、ごぼぼっっと鈍くくぐもった音を立てて震え始めた。

何かが水道管をせり上がってきているのだ。

ごぼ……ごぼぼ……ぐぶ……。

じゅぼぼ……ごっぷ。

嫌な音が蛇口を揺らす。

そしてとうとう、狭い蛇口の先に、何かが見えた。

ず……ずずず……ずるううう、ごぼぼ……びしゃ。

「ひいっ」

美和さんが怯えて僕にしがみついてきた。

蛇口から、真っ黒い濡《ぬ》れた髪が、ずるうと流れ落ちたのだ。

ずずず……ずっ……ぐぶ……。

蛇口はなおも震えている。

僕は恐怖に声が出なかった――けれど。

「あ……」

その時、蛇口の先から、ざわざわとフナムシが数匹蠢き這い出してきたのが見えた。

「い、いやあああああ！」

「あああああ！」

美和さんが悲鳴を上げた。でも僕は、恐怖ではなく安堵《あんど》の声が溢《あふ》れた。

「フナムシ？　ち、千代子さん⁉」

長く濡れた黒髪、うごめくフナムシやゴカイ、海の虫たち、腐肉を喰《く》らうモノ達。

水道から——水を通って出てきた、見慣れたモノ。

『だ……さま』

水道に向かって声をかけると、微《かす》かに遠く、奥の方から聞き慣れた、千代子さんの声がした。

「やっぱり、千代子さん！」

ぐっと胸が熱くなった。良かった——助かった。ほっとして泣きそうになった。

『だんなさま……水の中に！』

うごめく水道の向こうで千代子さんが僕を呼ぶ。

「淡井君……」

当然美和さんは呆然《ぼうぜん》としていた。

「大丈夫、こっちへ」

勿論《もちろん》僕の中に不安がないと言えば嘘になる。だって彼女は死者だ。僕らは冥婚《めいこん》していて、良好な関係であるとしても、生者である僕に死者である彼女が、無害であるかどうかは別なのだから。

でも、それでも僕は信じた。千代子さんを。

力一杯蛇口をひねると、どっと水が溢れた。

海の匂いがした。どす緑色に濁り、そして妙に粘るような粘度を感じるその水は、シンクに勢いよくたまり始めると同時に、だぶん、とまるで意思のある生き物か、巨大なスライムみたいにうごめいたかと思うと、僕らに覆い被《かぶ》さって来た。

「ぐっ……」

ソレは生ぬるく、そして僕らの呼吸を奪う。

手を離してはいけないと思った。だからぎゅっと美和さんの手を握った。

でも苦しい、苦しくて堪らない。

何も見えない。どっちが上で、どっちが下なのか、何処に向かっているのかさえわからない。

やっぱり、彼女を信じたのが間違いだったのか？　そんな疑問と恐怖が頭を過《よぎ》った時、誰かが優しく僕の頭を両手で抱きしめてくれた。

『――大丈夫』

優しい囁《ささや》きが聞こえた。千代子さんだったかもしれないし、叔母《おば》さんの声のようにも聞こえた――でもはっきりとはわからない。もう僕の意識は途切れる寸前だったから。
でもその声は、ぬくもりは、確かに僕から恐怖と焦りを奪い去り――そして僕は、意識を手放した。

11

気がつくと、僕は車の助手席にいた。

誰が運転しているんだろう？　どうしてここにいるんだろう――そう思って運転席を見ようとしたけれど、思うように動かない。

あれ？　と思う間もなく、身体が勝手に動いて、窓の外を見た。

車は海岸線沿いを走っていて、強引に向けられた僕の目には、入り江に立った赤い塔のようなものが見えていた。

「ねえ、あれ、あのあかいのなあに」

答えはわかる。でも何故か、僕の口から勝手に声が出た。幼い男の子の声だった。

「ああ……あれはね、灯台だよ」

運転席から、誰かの声がした。

「とうだい？」

「そうだよ……行ってみようか」

誰なのかわからない声だ。渚さんでも、榊さんでもない——ああ、じゃあこれは、僕以外の誰かの記憶なのか、とぼんやりと思った。

やがて車は道の端に停車して、誰かがひょいっと僕を抱き上げて歩き出した。僕の身体は、その男の人よりも赤い灯台に夢中のようだ。

「こういう入り江の先っぽでね、船が迷子にならないよう、目印になってるんだ」

「めじるし？」

「そうだよ、ちゃんとみんなお家に帰れるようにね」

男の人は僕を抱き上げたまま、防波堤を歩いて行った。海の端っこが、うっすらと夕日を映して色を変えはじめた。

夕方の始まりの時間だと、僕はぼんやりと思った——いや、もしかしたらこの身体の持ち主の思考かもしれない。

灯台は、間近で見ると思ったより大きかった。

「わーあ」

僕の中の男の子が嬉《うれ》しそうに声を上げる。

「……いつか、お前もそうなるんだよ」

男の人が優しく言った。

「ぼくも？」

「ああそうだよ。君の叔母さんや、お祖母《ばあ》ちゃんがそうしてきたように、君が、導《しるべ》になるんだよ」

「ぼくが？」

彼はそういって僕をコンクリートの上に下ろした。

やっと見えた顔は、見覚えがあるような、ないような……でも誰かに似ている気がした。

「しるべってなあに？」

「……それはいつか、大きくなればわかるよ」

男の人が、僕の目をのぞき込む。少し灰色がかった黒だ。

その目の中に——幼い日の僕が映っていた。

「いいかい？　きっと君はこの先、沢山の暗い所に行くだろう。でも心配いらないよ、ちゃんと必ず帰ってこれる。だからその名を付けたんだ——ルカ」

「ぼくの、なまえ？」

「そうだよ。光という意味だ——暗闇が君や大事な人を包んでしまった時はね、いつだって君自身が、暗闇を照らす一筋の光になるように」

そういって、男の人は僕の頭を優しく撫《な》でた。華奢《きゃしゃ》な手だと思った——気がつけば、彼の瞳《ひとみ》の中に映る、小さな僕は今の僕になっていた。

「さあ、行きなさいルカ。皆が待ってるよ」

そう言って彼が、遠くを指差した。

それを視線で追うと、急に目の前が暗くなって——再び目を開けると、今度は見覚えのある車の中にいた。

「……おとうさん？」

温かい大きな手が、僕の頭を優しく包んでいる感触に、ぼんやりと呟《つぶや》く。

「ちげーよ」

でも妙に素っ気ない言葉が返ってきたかと思うと、そのまま何故かべちん、と叩《たた》かれた。

「あ……」

慌てて起きると、隣で渚さんが、やれやれという顔で僕を見ている。

「ルカ！　おかえり！」

そう運転席側から身を乗り出してきたのは榊さんだ。

「出られたんだ……良かった。その……奥さんが、助けてくれたんです」

「そうかよ」

本当に素っ気ない渚さんは、そう言うと榊さんに座席を替わるように言った。どうやら車は、見覚えのない公園の駐車場かどこかに駐《と》められているようで、辺りはもう既にとっぷりと暗くなっていた。

「美和さんは？」

「ちゃんと送り届けたから大丈夫」

いそいそと僕の隣に腰掛けてきた榊さんが言った。

「暗示を掛けておいたから、今日のことは綺麗《きれい》に忘れているだろう。心配するな、とりあえずは無事だ」

「とりあえず、ですか」

その微妙な含みが気になるけれど……そう思わずにはいられず、僕は眉間《みけん》に皺《しわ》を寄せてしまった。

「具合は大丈夫？」

そんな僕を、榊さんは心配そうに見て、僕に自分に寄りかかって横になるように言った。

「え？　あ、大丈夫だと思いますけど……」

「本当に？　でもルカ、さっきまで少しの間死んじゃってたんだよ？」

「えっ⁉　死……はぁ⁉」

思わず言葉を失う僕の頭を、榊さんがしょんぼりした表情で、なでこなでこしてくれた。

「あちら側に近づき過ぎたんだ。お前だけ心臓が止まったまま、しばらく戻らなかった」

エンジンを掛けながら、渚さんが冷静に言った。でも冷静では聞けない内容だ。

「そ、そ、それって、大丈夫なんですか⁉ 僕の身体」

「肉体の死ではなく、時間が止まっていたんだ。まあどっちにしろ、戻ってこれたから良かったが、帰れなきゃ肉体も死ぬし、まあ一歩手前ってとこだったな、ははは」

ははははじゃないです、全然笑えないです……。

「でも良かったね～、心配したよ～！ また何年も何年も、ルカを捜さなきゃいけなくなるかと思った」

ぎゅっと榊さんが僕を抱きしめる。いや、僕も捜されたくはないです……。

「…………」

榊さんは、普段のお返しというように、そのまま僕の頭を撫でてくれた。くすぐったいような変な感触だ。でもそれで不意に思い出した、お父さんの手のひらの感触を。

彼の手はほっそりとしていた。

渚さんに頭を撫でられる度、その心地よい感触に懐かしさを感じて、僕はずっとそれを、幼い頃父がそんな風にしてくれてたんじゃないかって思ってた。

でも違った、お父さんの手の感触はそうじゃなかった。

「……そうだ、お父さんじゃない」

父とは違う、大きくて温かい手。

懐かしくて――安心する、その感触。僕は確かに、それを知っていた。

「…………」

幽霊屋敷から逃げて、死にかけた倦怠感《けんたい》の中、榊さんに撫でられながら、窓から通り過ぎる夜の街を眺める。

冷気のようなものを感じて身を縮こまらせると、「寒いか？」と渚さんが暖房を入れてくれた。

冷えているのはもっと身体の深層部のような気はしたけれど、暖かい空気にほっとする。

「風邪ひくなよ」

「あ……」

そっけないけれど、優しい言葉――暖かい空気とその声に、僕の中で、やっと糸が繫《つな》がった。

「……思い出した……僕はあの家を、千代子さんの家を知ってた。冬だったのに、中は暖かくて、それで――」

僕にあの世の水を飲ませた、恐ろしい老婆の家――あの家の中を迷いながら、僕は確かにあの家の間取りを知っていた。美和さんのように――子供の頃に。

あの頃の記憶は曖昧《あいまい》だ。

小樽にいた頃、ブンをこっそり飼っていた頃。

幼い頃、僕はあの老婆の家に、何度も何度も行っていたんだ。

冬なのに、いつも夏の昼間のように明るく暖かい不思議な家で、まだ仔犬だったブンと走り回って遊んだのだ。

そんな僕たちを、あの恐ろしかったはずの老婆は、いつもにこにこ、でも寂しそうに見守ってくれていた。

子供の声があるのは嬉しいって——おばあさん以外にも、不思議なモノがいっぱいいたあの家で。

そして、大きくなったらこの家で、娘と一緒に暮らして欲しいとそう言った。

あの頃の自分がなんと答えていたのかは、よく覚えていないけれど。

そしてそんな僕たちを、時々心配するように見に来ては、父親のように頭を撫でてくれた大きなおじさんが——。

「——思い出した」

そうだ、やっと思い出した。

「おばあちゃんだけじゃなくて、色々な生き物が——あやかしがいた。僕には全部見えていた……そこには、渚さんもいた」

「え？　そうだよ？　なーんだ、忘れちゃってたの？」

びっくりしたように、榊さんが言って笑った。

「小さな人間の君に、みんなが悪さしないように、渚はよく僕らの事を心配して来てくれたんだよ？　ルカ、いっぱい高い高いしてもらって喜んでたのに、覚えてないの？」

「え？」

そんな事は、これっぽっちも聞いていなかったし、思い出せない。

でもそうか……そうだったんだ。

顔を上げると、ルームミラー越しに渚さんと一瞬目が合って——なんだか照れくさくてお互いにさっと目をそらした。

でもそうならそうと言ってくれたら良かったのに……そう心の中で、彼の優しさを反《はん》芻《すう》しているうちに、ふと、僕はある事に気がついた。

「じゃあやっぱり……僕には全部見えてたんですね」

そうだ、見えていた。

全部。

暗闇の中、風の中に声を聞き、日だまりの中に影を視《み》た。母さんはそんな僕に、全部幻だと言って、視てはいけないと——。

「……じゃあもしかして……僕のせいで、母さんは父さんを殺したんですか？　僕が何かをしたせい？　僕が色々なモノを視ていたせい？　何かを呼び込んでしまったんじゃ……!?」

「それはおそらく違う」

けれど渚さんは、それをきっぱりと否定した。

「そうであれば、俺の耳にも入っているはずだ。止めることも出来ただろう。でもそうではない。だからお前のせいではないし、お前は何も悪くない」

「でも！」

だったら、どうして母さんは突然お父さんを殺した？　あの優しそうな人を、はかなげな人を。

母さんも優しい人だったはずだ。僕らは幸せだったはずだ――なのに、どうして!?

「……怖い思いをしたから、心がしゅんてしちゃってるんだよ、ルカは」

罪の所在。

気がつけば、寒さだけではない何かに、身体がガクガクと震えていた。そんな僕を心配そうに見て、榊さんが自分の方に寄りかかるように言った。

「家に着いたら起こしてあげるから、それまで寝なよ。何があっても、ちゃんと僕が守ってあげるから大丈夫だよ。夢の中の奥さんになんて、連れていかせないからね？」

「……でも、僕はそのおかげで救われたんですよ」

ずっと自分は不幸だと思ってた。

少なくとも、死者の世界の水を飲まされて、水死体のお化けと結婚させられたなんて。

「……でも、千代子さんがいなかったら、僕は今日本当に死んじゃってた。彼女に感謝しなきゃ――」

「その考え方はやめた方がいい」

けれどそんな僕に、渚さんが短く釘《くぎ》を刺した。

「え？」

「たとえお前を救ったとしても、死者との婚姻は諸刃《もろは》の剣だ。死者や神との婚姻は、益をもたらしもするが、奪うものも多い。形を変えて、それは『贄《にえ》』と呼ばれる事もある」

「贄……」

確かに昔話なんかで聞いたことがある。神様に婚姻の形で捧《ささ》げられる女性の物語だ。

「でも……そもそも僕は、やっぱり普通じゃなかったんですね」

やっぱり、幼い頃から僕は世界の狭間《はざま》にいた。間《あわい》に。

「お前はお前だ、ルカ。それ以上でも、それ以下でもないだろ。いいから寝てろ」

だけどそんな悩みは不要だというように、渚さんに言いくるめられた。

それもそうだって安心する反面、本当は心のどこかで思った——何かを隠しているのだ、彼は。僕に気づかせたくないから、こうやって僕を思考から遠ざけるんだ。

でも、そうだとしても、そんな答えは知りたくない。怖い。

だから僕はつかの間目をつぶった。僕の安全地帯である二人の側で。

そうして家に帰るなり、まずお風呂《ふろ》に入らされたかと思うと、前髪と手足の爪を切らされた。

「なんで、爪と髪を?」

「禊《みそ》ぎだ」

「ミソギ?」

「ああ、身を削《そ》ぐことで、ケガレを祓《はら》う——今日のお前は少し、冥府《めいふ》に近づき過ぎた」

確かにそうだ。死にかけたんだから。

「でも……ちょっと短すぎません？」

「そう？　かわいいわよ」

ハサミを手に、眉毛《まゆげ》の上で切りそろえられた僕の前髪を指でもてあそび、ペトラさんが笑う。

可愛いって、あんまり褒め言葉じゃないと思うけど……。

複雑な気持ちになりながら、更に一応……と言って、変な液体を飲まされた。

前に飲んだ苦い泥水みたいなのとは違い、もうちょっとボタニカルというか、ハーブというか、草というか。

よく言えば癖の強い青汁、悪く言えば飲む湿布……すごく不味《まず》い。

とはいえ良薬口に苦しだ。

飲むとじわ……っと熱のようなもの、生命力みたいなものが、身体に広がった。

お風呂に入っても消えない、まだ身体の芯《しん》に残っていた寒さのようなものが、おかげでさっぱり無くなったのだから、効果は抜群だと思う。

そうやって一通りの儀式を済ませると、いったい何があったのか、渚さんに説明を求められた。

彼女たちが霊魂さまを始めた経緯や、それぞれの言い分、そして『伊々田』という謎の少女――。

「伊々田さんの正体も気になりますが……持田さんは、彼女によって閉じ込められている気がします。家の中で彼女の声がしたし、あの家は持田さんが幼い頃住んでいた家でした」

そして僕は、スマホを取り出した。

「それに見てください。さっき麦澤に頼んで手に入れて貰《もら》った、隣のクラス名簿です――伊々田さんの名前がないんです」

クラス全員分の名前が書かれているはずの名簿。そこに何故だか『伊々田』の名は存在しない。

「僕も伊々田さんを知らなかった。みんなの記憶にあるのに、存在しない生徒――美和さんの記憶では、彼女は霊魂さまをやり始めてから、現れたそうです」

僕の説明に黙って耳を傾けていた渚さんが、ふむ、と低く唸《うな》った。

「だったらお前は伊々田の正体は何だと思う？」

「わかりません――でも、美和さん達は、自分達はおちょこを動かしてないって言ってました――動かしていたのは本当の霊魂さま……つまり、それが『伊々田』という存在なのかもしれません――このままにしていて、本当にいいんでしょうか」

ただこれが、霊魂さまという遊びが原因の、人間の事件だったらいい。よくはないけれど、あやかしがかかわっていないなら。

でもそうじゃなかったら？　現に今日、僕も美和さんも危うく大変な目に遭うところだった。

「だが、俺が動くことじゃない」

「え？ でも！」

「俺達にはルールがある。呼び出されたモノは、呼び出したモノが帰さなければならない。帰れないまま彷徨《さまよ》ったモノ達は、それはそれで哀れなものだ」

そこまで言うと、渚さんは話は終わりだ、と一方的に言って部屋に戻ってしまった。

「………」

もしまた、何かあったら心配——というか、手間じゃないんだろうか？ 僕は望まなくても、怪異はあっちからやってくるのだし……そんな不安とも、不満ともつかない気持ちで、お茶を飲んでいると、ペトラさんがそっとお菓子を差し入れてくれた。

丸くて甘い、ドーナツ型のビスケット、スーシュキは乾パンみたいに硬くてパリパリ美味《おい》しくて、お茶請けに食べ出すと止まらなくなってしまう。

「寝る前にお茶を飲み過ぎてはダメね、ミルクにしましょう」

そう言って温めて持ってきてくれたホットミルクを飲みながら、スーシュキを囓《かじ》っていると、ペトラさんがくす、と僕を見て笑った。

「前髪、そんなに変ですか？」

「いいえ。でも無事で良かったわ。渚ったら、今日は一日中、貴方《あなた》を心配して落ち着かなくて、ずーっと筋トレしてたのよ」

「え？　渚さんが？」

でもそれならそれで、もうちょっと何か言いようというか、付き合い方を考えてくれないものだろうか……。

「渚さんはいつも、なかなか肝心なことを教えてくれないから……」

「そうねえ、でもそれはきっと、ルカに自分で答えを探せるようになって欲しいのよ」

隣に座り、取り分け用のお皿に、新しいスーシュキを一つ移してくれながら、ペトラさんが言った。

「いつでも、いつまでも貴方と一緒にいれるならいいわ。でも人間はとても短命だし、それに貴方だっていつかここを出て行く時が来る。その時渚がいなくても、貴方がちゃんと安全に生きていけるように、貴方に自分で歩けるようになって欲しいのよ」

もっとちゃんと修行みたいな事をしろという意味だとしても、僕はまだ、あんまり無知すぎる。

「あいうえおの書き方すらわからないぐらいなのに、いきなり、なんでも自分でなんて出来ませんよ……」

「そんな事ないわ、よく考えて？　ルカ。渚が自分でやれという事は、きっと貴方になら出来る事だわ。そうよ――『ルカなら、大丈夫』」

ペトラさんは、そう優しく言って、僕を優しく抱きしめた。

ペトラさんと叔母《おば》さんは、よく似た匂いがする――だけど彼女からは、一瞬だけ血の匂いがした。

12

疲労のせいか、渚さんの薬のせいか、その夜は千代子さんに会えなかった。お礼が言いたかったのに。

そうして何事もなく朝が来て、いつも通りに学校へ向かった。

どんな恐ろしい体験をしても、夜は明け、次の日が来る。日常が。

美和さんは今朝は風邪と言うことで学校を休んでいたけれど、大事はないようだ。

「おま……それ大丈夫だったのかよ！」

「まあ……なんとか」

昼休み、屋上階段の踊り場で、お弁当を広げながら昨日の事を田沼と麦澤に話すと、さすがに二人の表情がみるみる曇った。

「私達もついて行くんだったね」

「バカいえよ、ついて行って何が出来たっていうんだよ」

いや田沼、そこを潔く諦《あきら》められると切ないけど……。

「まあ……とりあえずはなんとかなったしね」

「それに……」

「ん？」

「——いや、なんでもない」

「んんん？」

それに、水死体だとは言え、僕に奥さん（仮）のような存在がいると知ったら、田沼は色々面倒そうだと思った。だから来なくて良かったと思う。

田沼は恋多き男だけれど、僕ら三人そろって、霊魂さまの言が確かなら、ファーストキスもまだなのだ。そんな僕に、絶賛死亡中の妻がいるなんて田沼が知ったら絶対に面倒な事になる。

まあ、妻とはいえ、あの通りの千代子さんだから、田沼が羨《うらや》ましがるような関係ではないけれど……。

そんな事を思って、ふっと思い出した。僕らがやった霊魂さまの事だ。

占い中、視界の端で文字がうごめくのを見た事を。

「あ……字だ」

「字？」

「ああ、うん……伊々田さんに閉じ込められた時に見たんだ。やっぱり彼女は霊魂さまに呼び出されたナニカなんだと——」

——俺達にはルールがある。呼び出されたモノは、呼び出したモノが帰さなければならない。

その時、渚さんの言葉が頭を過《よぎ》った。

僕らには基本無害だった霊魂さまと、持田さん達の霊魂さまの違いだ。

勿論《もちろん》回数の問題もあるかもしれないけれど、伊々田さんがもし霊魂さまだとしたら、何故、彼女は帰っていないのか。

「ね、ねえ、霊魂さまを帰す方法ってあるの？」

「ああ？　それはこの前やっただろ？　毎回紙は燃やし、できるならおちょこも壊す。しっかりそこで、お互いの結び目を絶つんだ。あと出来ることならその後身を清めたり、禊《みそ》いだりする方がいいのかもな」

「え……？」

あの時確かに、大崎先生は紙を燃やし、おちょこを割った。

それは僕らに二度と霊魂さまをさせないためとか、そういう意味で、ちょっと過激な方法でやめさせたんだと思ってた、けれど。

「――ちょ、弁当、代わりに片付けておいて！」

「え？　淡井君⁉」

食べかけのお弁当を二人に任せ、僕は慌てて教室へと走った。

丁度クラスには、椎名さんだけが残って、男子ときゃっきゃ笑いながら話してた。

そんな彼女達の間に入るのは気が引けたけれど、それでもなかば無理矢理廊下に引っ張って行く。

「ど、どうしたの淡井君」

「紙とおちょこは？」

僕の質問に、彼女はぱちくり、と不思議そうに瞬きを一つする。

「え？」

「霊魂さまの。終わった後、いつもどうしてる？」

「ああ、終わった後？　んー……いつも絵維子が持って帰ってたから……」

「持って？……それって、ちゃんと毎回書き直してた？」

「ううん？　多分使い回してたと思うけど、どうして？」

ざわっと、背筋が寒くなった。

おそらく、おちょこもそのままだろう。

持田さんが、どんな風に霊魂さまのやり方を習ったのかは知らない。もしかしたら、正しい帰し方を知らなかったのかもしれないけれど、少なくとも彼女たちは毎回霊魂さまを解放していなかった。

何度も、何度も、毎日のように呼び出して、結び目を結んだままにした。

――帰れないまま彷徨《さまよ》ったモノ達は、それはそれで哀れなものだ。

そうして生まれた怪異が、『伊々田』だとしたら？

「わかった、ありがとう！　あと、先生に僕具合悪くなったから、早退するって伝えて！」

「へ？」

驚いている椎名さんを残し、急いで教室から鞄《かばん》だけ取って、学校を飛び出した。

後から怒られるかもしれないけれど、でもこのままにはしておけない。

だから僕は走った。まっすぐに、昨日閉じ込められた、あの家に。

伊々田家に。

時空を歪《ゆが》めた持田さんの家に。

13

もしかしたら行けないんじゃ？　と思ったけれど、伊々田家はきちんとまだ僕を迎えてくれた。

インターフォンを鳴らすと、また元気な女子の声がした。

『また来てくれたんだ？　淡井君！　ありがとう、今日こそ遊ぼうね！』

鍵《かぎ》は開いてるから入ってきて！　その誘い通りにドアを開ける。

その向こうは、またあの濁った空気の世界が待っていた。

時間の止まった世界——ああ、喉《のど》の奥が苦い。

部屋の奥に何かが待っているのはわかっていた。

昨日は左へ行ったけれど、今日は僕一人だ。

廊下をまっすぐ進む。

視界の端で霊魂さまの文字が蠢《うごめ》き、溶け、消えてはまたじわり、じわりと染み出してくる。黒いミミズのような文字が、現実と幻の境目を、その輪郭を曖昧《あいまい》にしていた。

まっすぐ進んでドアを開けると、以前も入ったリビングだった。

今日はその奥が襖《ふすま》で閉まっている。

でもそこから声が聞こえた——ねえ、こっちおいでよ淡井君。

「うん。今行くよ」

声が震えそうになるのを堪《こら》え、できるだけ平然と返した。

襖に手を掛ける。

重い。

じわっと湿って、立て付けの悪い襖だった。

向こう側で、クスクスと笑う二人の少女の声がした。

ず……ずず……ずずず……。

それでもなんとか襖は開いた。

そこはどうやら仏間だった。

畳の上で、二人の少女がくすくすと笑いながら霊魂さまをやっている——でも、それがはっきりと見えない。

「………………」

こんな時に、と思った。役立たずのお守りが、また僕のじゃまをしてる。

そもそも、幼い僕はあやかしを見ていた。僕は本当は、『見える』のがデフォルトなんだ。

だから制御する術《すべ》、付き合い方を覚えなきゃいけない、渚さんはそう言ったはずだ。

でも僕は怖がって、このお守りに逃げていた——いつまで逃げるんだ、僕は？

そう思ったら、段々自分に腹が立ってきた。

「こんなんじゃ意味がないんだ……」

胸ポケットに手を入れる。

ちゃらりと音を立てて出てきたのは、既に目の部分に深いひびが入った、お守りだ。

これのおかげで助かった事もあった。毎日持ち歩いていて愛着も湧いている——でも、これじゃあ駄目だ。

お守りをぎゅっと握りしめた。世界がぶれて見える。かすんで見える。二人の笑い声は聞こえるのに。

「今まで守ってくれてありがとう」

そう呟《つぶや》いて、僕は腕を大きく振り上げ、床にお守りをたたきつけた——刹那《せつな》。

ぶわっと、世界が変わった。黒いミミズたちが暴れる。今にも壊れそうな古い家、そんな場所の真ん中で、持田さんが楽しそうにゲームをやっている。

でもその前で一緒に遊んでいるのは、伊々田じゃなかった。

それはうぞうぞとうごめく、文字の塊、ミミズの塊、おぞましい黒い影の塊だ——この世のモノではない。

「あはは……じゃあ、次は何を聞こうか」

持田さんが無邪気に笑う。

「淡井君の、好きな人？　ほら、一緒にやろうよ、こっち来て淡井君！」

伊々田さんだったモノが、笑いながら僕に手招きする。

腐臭がする。目眩《めまい》がする。近寄れば近寄るほど恐ろしい、威圧感のある怪異——だけど、こういってしまうのはなんだけど、見た目のおぞましさと気持ち悪さなら、ああ、なんてことだろう、千代子さんの方がよっぽどグロい。

「持田さん……」

だからおちょこに手を重ねる、持田さんの手に触れた。

「持田さん、それは……君の為にならない存在だよ」

「淡井君、ねえ、霊魂さまに何を聞く？」

まっくろい、ウロの瞳《ひとみ》が僕を見てにっこりと笑った。僕はそれに笑顔を返した。

「聞かないよ、もう遊べないんだよ。持田さん、君は死んじゃってるんだ」

「……淡井君？」

ぎゅっと持田さんの手ごしに、おちょこを掴《つか》み上げた。

伊々田さんが顔をぎゅっとしかめ、こっちを睨《にら》む。でも僕は気にしなかった。そのまま二人の手からおちょこを取り上げ、高く掲げる。

怒ったように、怪異が黒いミミズを吐き出し、ギリギリと鳴いた。おちょこがテーブルをこすれるような嫌な音だ。でも僕は気にしなかった。

「お前なんかより、僕の奥さんの方がよっぽど怖くて気持ち悪いんだからな！」

ごめん、千代子さん。

そう心の中で謝りながら、僕はおちょこを床にたたきつけて割った。

刹那、伊々田さんだったモノが、のたうち回って咆哮《ほうこう》を上げたかと思うと、世界がバリバリと音を立てて軋《きし》んだ。

「持田さん！」

咄嗟《とっさ》に霊魂さまの紙を掴み、持田さんに手を伸ばす。

「……淡井君」

驚いたように持田さんは僕を見て、それでもその手を重ねてきた。途端に世界が真っ暗になった。

大きな音がした気がする。体中がバラバラになるほど痛かったような気もするけれど、何が起きたのかはよくわからなかった。

よくわからなかったけれど、気がついたときには僕は一人きりで、コンビニの駐車場に座り込み、ぼろぼろになった霊魂さまの紙を、必死に胸に抱きしめていたのだった。

14

「さすがに……これは短すぎませんか？」

鏡の前、更に短くされてしまった自分の前髪に、僕は愕然《がくぜん》とした。

「髪だろ。すぐ伸びる——それとも他の部分を削《そ》ぐか？」

「いいいいいいいいいいです」

別に身の方でもいいぞ、と物騒な事を言い出した渚さんから逃げる。この人ならやりかねない。

「お稚児《ちご》さんみたいで可愛いわよ」

と、言ったのはペトラさんだ。だから可愛いは褒め言葉じゃないし……。

「でも……せっかく貰《もら》ったお守り、壊しちゃってすみません。大事な物だったろうに……」

あの時は仕方ないというか、そうしなきゃいけない気持ちだったからとはいえ、貴重な物だったのかもしれない。

でも彼は、ああ、気にするな、と平然と言った。

「白沢《はくたく》がどっか海外に行った時、俺が好きそうだって買ってきた趣味の悪い土産物だからな。経費は0円だ」

「え？　お土産？」

「そもそもあれには、なんの効果も無いよ、ルカ。あれはただ、お前の力を安定させるための暗示の道具に過ぎない」

「え……？」

思わず瞬きを返すと、彼はひょい、と肩をすくめた。

「お前の力だ。最初からな」

「そんな……」

「不安定になっていたのは、お前自身がお守りを必要と感じなくなってきていたからだろう。見たい時と、見たくない時のブレがあった」

「でも最近は全然見えなくて――」

そこまで言って、自分ではっと気がついた。

「……ああそっか、見たくなかったんだ、僕は」

最近はずっと思ってた、おかしなモノは見たくない。必要や好奇心に迫られて、見たいと思う事はあっても、本質的に、僕はあちら側と関わりたくないって思ってた。

「納得したか？」

「………」

とはいえ、納得したか？　と言われると複雑な気分だ。思わず憮然《ぶぜん》としてしまうと、渚さんがふ、と笑った。

「お前はどう思うかは知らんが、俺は……そうだな、お前も成長しているのだと思って少しは安心したよ、ルカ」

「成長、ですか？」

「まあ、お前はまだ入り口にも立ってない。日々精進しろ」

そう言って渚さんは部屋に戻ってしまった。精進って言われても……。

それでも別に、僕は決して天狗《てんぐ》の弟子になるつもりはないのだ。どうしたものかと悩んでいると、丁度蝶子が階段を下りてきた。

「あ、蝶子！」

僕に名前を呼ばれ、まず彼女は眉間《みけん》に皺《しわ》を寄せた。いつもの事だ。

「結局使わなかったから、これ、返すね」

でも気にせず、使えなかった式神を、生徒手帳の間から出した。

「いいわ。そのまま持っていて」

けれど蝶子は首を横に振った。

「え？　いいの？」

「そのかわり、もう二度と貸さないから」

「あ……はい」

だったら、これは本当にいざという時のお守り代わりに取っておこう……。

そう思って、ポケットに生徒手帳を戻し、返す手で中にあった折り紙作品を一つ取り出した。

「そうそう……これ、別の折り方の蝶《ちょう》」

「折り紙？」

青い綺麗《きれい》な折り紙の蝶だ。青地に金銀の筋や模様が入っていてとても美しい。

それを差し出すと、蝶子が嬉《うれ》しそうに手を伸ばしてきた——それを、ひょい、とわざと高く掲げて、蝶子に取れないようにした。

「……なにをするの？」

不満げ、というよりは、眉間に皺を寄せて、蝶子が一瞬悲しそうな顔をしたので、僕は少し罪悪感に駆られた。ああ、そんなに折り紙が好きなんだ……。

「え、あ……蝶子に一つお願いが……」

そう言って、彼女の目の前にもう一度差し出すと、蝶子は僕と折り紙を交互に見て——そしてそれでも結局折り紙を手にした。

「……受け取ってしまったからには聞くわ」

唇をとがらせ、拗《す》ねたように蝶子が言った。なんかごめん。

「あのさ蝶子は、前に田名部《たなべ》さんが何を話しているかわかっていたよね。僕は見るのは得意だけど、多分聞く方はそんなに上手《うま》くなくて……だから、一緒についてきて欲しいんだ」

それは天狗山で、亡くなった田名部さんと会った時の話だ。蝶子は聞こえない彼女の声を、その口で代弁していた。

「つまり、私に口寄せして欲しいという事ね？　別にいいけれど、話したいと思ってない霊の言葉は伝えられないわよ」

「え？　そうなの？」

「言いたくないことは、生きてようと死んでようと言いたくないでしょ」

「それは……確かに」

それは本当に確かに、尤《もっと》もな話だ。

「でも、聞けたらでいいから！」

そもそも他に聞く方法がないんだから、ちょっとでも何かがわかればいい。

そうして、その夜すぐに僕らは家を出た。

榊さんが運転手役を買って出てくれたので助かった――行き場所は事故現場。

持田さんの亡くなった場所だ――死者はしばしば、自分の死んだ場所に縛られるから。

見たくないモノまで見ないようにしながら、少し神経をすり減らしながら現場へ向かった。夜は特に、見えなくていいモノが沢山見える。

お守りに本当は効力がなかったとはいえ、また縋《すが》りたい気持ちになりながら、僕は車が目的地に着くのを待った。

学校から十五分ほどの距離だ――ふっと思った、持田さんはなんの為にここに来たんだろう。コンビニ前とは言え、どちらかといえば郊外の、山の方だ。

噂では、その答えは家族もわかっていないそうだ。

でも亡くなったからには理由があるだろう――僕はそう思いながら、コンビニの近くに停車された榊さんの車から降りた。蝶子もそれに倣う。

丁度事故の起きた場所近くの電信柱の根元に、沢山の花やお菓子が供えられていた――でも花の大半は、もう枯れてカラカラになっている。新しい花は少ない。二つほどだ。うっすらとその二つのどちらか――或《ある》いは両方が――美和さん達の持ってきたものかもしれないと、ぼんやり考えた。

そのまま顔を上げると、道路の真ん中にぼんやりと佇《たたず》む持田さんの姿が見える。事故の衝撃で、その綺麗な顔は無残なものになっていて、これを確認したご両親はさぞ辛《つら》かっただろうと思った。

「持田さん！」

そう佇む姿に問いかけたけれど反応は無かった。

「良かった、家から出られたんだ」

それでも気にせず声をかけた。彼女はまだ無反応だ。

「……三人とも、後悔してたよ」

もしかしたら聞こえてないのかと思いながら、さらに続ける。

「しってるわ」

刹那《せつな》、気がつけば持田さんが僕の隣に立っていた。

「あ……」

「しってる。ばかみたい、さんにんはかんけいないのに」

蝶子はそんな持田さんの聞こえない声を代弁していた。

「わたし、ぜんぶわかってたのよ、さんにんがうごかしていたことも」

「じゃあ、やっぱりそのせいで、悲しくて自殺したの？」

その問いに、持田さんが首を横に振る。

「さびしかったけど　そうじゃない……それに、れいこんさまが、いつもそばにいてくれた」

「でもあれは――」

「わかってる」

もうわかっていると、持田さんは頷《うなず》いた。

それにはほっとしたけれど、とはいえ、彼女がもうこの世にいない事は確かなのだ。

「でも、だったらどうして自殺なんて？　三人とも自分のせいかもしれないって思ってるよ？」

その問いかけに、持田さんは答えてくれなかった。

「さんにんのこと、わたし、だいすき——ごめんね」

「三人だって、持田さんの事が大好きだったんだよ？　わかってるならなんで——」

その質問に、持田さんはしばらく俯《うつむ》いて、何も言ってくれなかった。

話したくない事は聞けない。人もあやかしも同じ。

仕方ない、諦《あきら》めようとした僕のパーカーの裾《すそ》を、持田さんが摑《つか》んだ。

「きょうしつの、そうじようロッカーの、うしろをみて」

それだけ言って、彼女は消えた。

後には初夏の夜の、ひっそりと寒さの漂う夜だけが僕らを包んでいた。

15

翌日の放課後、僕は教室から人のいなくなったタイミングで、掃除用具の入ったロッカーの後ろを調べることにした。

「田沼、そっち持って」

「なんだよいったい……」

非力の自覚がある僕だ。田沼に手伝わせ、ごとごとロッカーをずらす。

心配そうに見ていたのは麦澤だ。

「大丈夫？　潰《つぶ》れないでね二人とも」

そんなにロッカーは重くないし、僕らは小さくない。むむ、っと思いながらも、応援だけは好意的に受け取って、僕らはロッカーと壁の間に空間を作った。

「でもこれがどうしたの？」

「んんん……」

と、不思議そうにしながら、麦澤がロッカー裏の、大きな綿埃《わたぼこり》をほうきで掃き出す。

でも裏側には何もなかった。ここじゃない教室のことなのか……。

「あ」

だけど、埃《ほこり》をちりとりで取ろうとした麦澤が小さく声を上げた。

「どうしたの？」

「うん。埃の中に何か……」

ゴミをかき分けようとすると、もさ、っと逆に埃の塊が持ち上がった。どうやらセロテープに埃がひっついてしまっている。

埃を剥《は》がすと、どうやら本来はセロテープでどこかに貼り付けられていたモノらしい。

それは小さな密封パックに入った、ＳＤカードだった。

「……ＳＤカード？」

デジカメなんかの保存媒体に使う、メモリーカードだ。僕らがロッカーを動かした衝撃で、自然に剝がれ落ちてしまったんだろう。きっとこれだ。

「持田さんが、これを見て欲しいって」

中のデータがなんなのかわからない。ひとまず僕らは、自分のパソコンを持っているという、麦澤の家に行くことにした。

田沼の提案だったけれど、麦澤は少し渋っていた。

渚さんのパソコンを借りても良かったのかな、と後から気づいたけれど、既に麦澤の家に着いた時だったので、今更言い出せなかった……なんかごめん麦澤。

「あらあ、いらっしゃい」

出迎えてくれたのは麦澤母だ。最初お姉さんかと思うくらい若かった。もしかしたら、加齢速度が、人間とは違うのかもしれない――麦澤のお母さんの正体はバクだ。

麦澤に少し似てるけれど、もう少し垂れ目でおっとりした雰囲気の、かわいらしいお母さんだ。

田沼と麦澤母は面識があるらしく、普通に話をしていたけれど、お母さんは僕を見てふふふ、と笑った。僕は慌てて前髪を押さえた。

「貴方《あなた》が、新しい天狗《てんぐ》のお弟子さんね」

「え？」

「こんな可愛い子だったなんて、おばさんびっくりだわ」

「でもあの、この前髪は、禊《みそ》ぎのせいで！」

そんな僕に「前髪？」とお母さんは不思議そうに笑った。……そうか、前髪以前の問題なのか――だから可愛いは、褒め言葉じゃないのに。

ジュースを持って行くわね、とお母さんに声をかけられながら、ちょっと険しい顔をした麦澤と、彼女の部屋に移動した。

「田沼……何か言ったら処す」

ドアを開ける前、麦澤はぎろっと田沼を睨《にら》んでから、そうして自分の部屋のドアを開けた。うっすらと甘いいい匂いがして、僕はちょっと恥ずかしくなった。

麦澤の部屋は、青をベースにした落ち着いた色調だった。本棚が二つあって、漫画や小説が綺麗《きれい》にずらっと並んでいる。他にも写真集や雑誌も。とにかく好きな本が隙間なくぎゅぎゅっと詰まってる感じだ。

壁には電車と、特撮ヒーローのポスターが貼られ、そして棚にはソレ系のフィギュアやグッズが並んでいる。

「おまえ、もっと女らしさってものをな……」

「嫌なら出て行け」

「は、すみません」

部屋を見回した田沼が言いかけて、麦澤に冷ややかに返された。

　でも僕は、本当にそれがちょっと羨《うらや》ましくて、すごく素敵だと思った。これだけで自分の部屋に帰るのがわくわくするだろうし、毎日楽しいだろう。

「なんかいいね、好きなものがいっぱいって感じで。僕の部屋何もないからさ」

「え？……ほんとに？　引いてない？」

「なんで？　むしろ何かおすすめあったら教えてよ、本とか」

　そう僕が答えると、田沼は「いや、これは引くところだぞ、ルカ」と呟《つぶや》いて、麦澤にグーで叩《たた》かれていた。

　何はともあれ本題だ。

　パソコンを立ち上げ、USB接続の読み取り機で、SDカードの中をチェックした。

　中には動画ファイルがたくさん入っていた。

「見て大丈夫なやつかコレ？　麦子、お前ちょっと後ろ向いておけよ」

「え、なんで？」

「一応だ、一応」

　そんな事を言いながら、田沼が動画ファイルを開いた。

　でもそこにあったのは、奇妙に歪《ゆが》んだ映像だった。

　丸みを帯びている、景色映像というか……。

「あら、ドライブレコーダーの映像ね」

　その時、丁度コアップガラナとビタミンカステーラをお茶請けに持ってきてくれたお母さんが、画像を見て言った。

「ドライブレコーダー？」

「ええ、多分。でもどうしたの？」

お母さんが首を傾げて聞いてきた。でも正直言えば、なんの為にこれが残されていたのかわからなかった。

「これ……絵維子ちゃんの事故の時のかな？」

「でも雪が残ってるし、もう少し前じゃねえ？」

その時、PCにヘッドホンが付きっぱなしだった事に気がついた麦澤が、ジャックを引き抜いた。

途端にそこそこの音量で、どうやら映像と共に記録された、車内の音と思《おぼ》しき音声が再生された。

「あ、音声もあったんだ」

慌てて麦澤が音量を下げた時、車内の会話が漏れ聞こえてきた。

――でもゴンさん課金しすぎでしょ

――俺、うさちゃんみたいに上手《うま》くないからさあ、仕方ないよ

――そっかな、てかスキンにお金使いすぎだとおもうなぁ

――でも次のコラボ、うさちゃん絶対ガチャ回すんじゃない？

――したいけど、それじゃあっという間にお小遣い無くなっちゃう

　どうやら、車内のゴンさんと、うさちゃんという人の会話が収録されているらしい。

　ゲームの話だろうか……そんな事を考えていると、麦澤がファイルを少し巻き戻し、もう一度再生した。

「麦澤？」

「……待って」

「え？」

「この声……この、『うさちゃん』って子の声、絵維子ちゃんに似てる」

「どういう事？」

「わかんないけど……」

　じゃあ、車に乗っているのは、持田さんということだろうか？

　でも確認の為に、僕らは椎名さん達に連絡した。

　麦澤の家からそう遠くない所に住んでいる椎名さんが、二十分ほどで麦澤宅に来てくれた。

「……絵維子の声だと思う」

　そうして、音声を聞いた椎名さんも、そう確信したらしい。

「確かゲームのアカウント、絵維子いっつも、うさやまうさこにしてたはず――でもど

う事？　なにこの映像」

「いや……実はさ、持田さんがこれを見て欲しいって、前に言ってたのを思い出したんだ」

「絵維子が？　淡井君に？　どうして？」

「え？　あー……たまたま、かな？　僕もよくわかんないんだけど……あはは」

「ふうん？」

確かに僕と持田さんに接点はほとんど無いはずだ。怪訝《けげん》そうな椎名さんの態度も尤《もっと》もだけれど、だからといって本当のことを説明するわけにもいかない。

返事に困っていると、少し遅れてデコさんも麦澤の家に来てくれた。

デコさんも、車内の女性は持田さんだと思うと言った。

「でも、一緒の男って誰だろ……彼氏とか聞いてないよね」

そうデコさんは眉間《みけん》に皺《しわ》を寄せた。

「うん……車運転してるし、年上の人は知らない……。前に霊魂さまを教えてくれたって言う、小樽の人とか？」

と、椎名さん。

最近ずっとお互いに背中を向け合っていた椎名さんとデコさんが、理由はどうあれ、肩を寄せ合うようにしてPCをのぞき込み、会話している事に、僕は少しほっとした。

「てか、なんのゲームの話だろ。ソシャゲか？」

田沼が首をひねった。

「ゲームは基本なんでも、アカウント名をうさやまうさこにしてるんだよね、絵維子。ウサ子とかウサヤマとか、多少変えてる事はあるけど」

「絵維子、家でもうさぎ三匹飼ってるからね……」

デコさんと椎名さんが言う。無意識なのか、過去形ではないところに、僕はまだ椎名さんの心の中で、持田さんは消えていないのだと思った。

「課金って言ってるしね……他のファイルも見てみようか」

僕はそう言って、その隣のファイルをクリックした。

日付の違うカーナビの映像、音声は車内のもので、やっぱりゴンさんとうさこさんがしゃべっている。

飯テロの話をしていたので、少しだけ映像を飛ばして、適当なところで再び再生した。

――いいかげんにしてよ！

利那《せつな》、うさこ――持田さんの鋭い声が響き渡った。

――すぐ返すって言ったから貸したんだよ。お給料出たら返すって言って、少なくともボーナス出たら返してくれるって、そういう約束だったじゃない
――でも今年ボーナス少なくてさ、それに返したいけど、今月もう、カード止められそうな勢いで限度額だからさ……まあ今月はもう課金控えるから、再来月くらいまで待っ

てくれないかな
――もう、課金やめたらいいじゃない！
――それは運営に言ってくれよ、最近イベに金かかりすぎるんだって
――使う方が悪いでしょ？　ねえ、あのお金、確かに私の貯金だけど、親が進路とかの為に使えるようにって、貯めてくれてた大事なお金なんだから……それを今私がバイトで少しずつ増やしてるの。本気で私留学したいから
――だから、わかってるって、返すって言ってるだろ？　再来月まで待ってくれって

そんな二人の会話を、僕らは声もなく聞いていた。言葉に出来なかったのだ。

お金の話……具体的な額はわからないけれど、少額ではなさそうだ。

じわあっと、僕らの間に嫌な空気が流れていた。

音声の中で、持田さんは泣いていた。

それを聞いている椎名さんと、デコさんの目にも涙が浮かんでいる。

「この男、なんなの……お金返してって、どういう事？」

やがて、デコさんが低い声で、憤りを絞り出した。

「わかんない、わかんないけど、このお金って……絵維子の留学資金の事でしょ？　お年玉とか、月のお小遣いも入れて、ずっと貯めてるやつだよね！」

椎名さんの目から、ぼろぼろと涙があふれ出したかと思うと、デコさんにしがみつい

てわっと泣き始めた。

デコさんは泣かないように、ぎゅっと唇を横に引き締め、どこかに電話をかけはじめる。

「……あ、みーわん。今から絵維子の家に行ける？　ちょっと調べて欲しいの。あの子のスマホのゲームの履歴とか、あとゲーム機あるでしょ？　今何やってたか知ってる？」

電話が繋《つな》がるなり、デコさんはそれをスピーカーにして、素早く言った。

電話相手は美和さんだった。

突然の電話に、驚いたのだろう。え……と戸惑ってるのが聞こえる。もう縁を切ったような関係だったのだから、きっと複雑な心境だろう。

「今ね、麦《むぎ》ちゃんとこにいるの。絵維子の事で……すごい大事な話なの。お願いだから調べて美和ちゃん」

椎名さんも、スピーカーに向かって話した。

『……わかった、今すぐ行く。着いたら電話する』

少しの沈黙。

でもすぐに美和さんは、覚悟を決めたように二人のお願いに応じてくれた。

通話は一度切れたけれど、美和さんの家は持田さんの家まで、自転車で五分くらいの距離らしい。

他の音声ファイルを調べたりしている間に、すぐに美和さんから着信があった。

『来たけど、スマホは開けなかった。でもスマホのソシャゲだったら、私もほとんど一緒に同じのやってたし、わかると思うけど……何が知りたいの？』

「うさこ名でやってるゲームに、ごん、っていう人、絵維子のフレンドとかギルドにいた？」

デコさんが「私も一緒に何個かやってるけど、そっちには覚えがないから……」と表情を曇らせた。

『わかんないけど、でもゴンって名前はちょっと聞いたことがある気がする。ゲーム機の方じゃないかな、ほら、原野行動の』

そう言って美和さんは、どうやらゲームを立ち上げているらしい。

時々彼女の洟《はな》を啜《すす》る音が聞こえた。多分泣いているんだろう。

僕らは固唾《かたず》をのんで、彼女の声が返ってくるのを待った。

椎名さんはずっと声を殺して泣いていて、デコさんはその背中をずっと撫《な》でてあげている。

『……あった。多分この人じゃないかな。GON太郎って人。絵維子のアカ名もUSA子だし——あ』

そこで何か気づいたように、美和さんが小さく声を洩《も》らした。

「どうしたの？ なにかわかった？」

椎名さんが半分泣きながら問うた。

『それがね……ゲームの最終ログイン日……五月十五日なの』

「それ、絵維子のでしょ？　それは……当たり前だよ。だって……」

でもそれ以上の言葉は、椎名さんは紡げなかった。

それはそうだ、だって五月十五日、その日の翌日は――。

『違うの、うん、勿論《もちろん》絵維子もそうなんだけどね……でも、GONって人もなの』

「じゃあ、絵維子ちゃんも、そのゴンって人も、二人とも、ゲームの最終ログイン日が絵維子ちゃんの死んだ日の前日っていう事……？」

麦澤が擦《かす》れた声で言った。

「ど……どういう事？」

椎名さんが心細そうに問いかける。

「つまり……二人とも、その日からゲームが出来ない状況って事だよね……じゃあ、もしかして……絵維子ちゃんの事故の相手は――」

それ以上の言葉を、誰も口には出来なかった。

最初に声を上げて泣いたのは美和さんで、デコさんもそれに続いた。そんなデコさんを逆にぎゅっと抱きしめて、必死に涙を堪《こら》えているのは椎名さんだった。

笑顔で迎えられる終わりなんて、この世に存在しないと思う。

どの別れもきっと寂しい。

そうだってわかっていても、絵維子さんの死はいろんな悲しみで溢《あふ》れていた。

死はいつも突然現れて、大切な人を容赦なく奪っていく。

それを避ける方法はない。あやかしにだって難しい。

だからこそ、今を、大事だって思う人への愛情を、後回しにしちゃいけないんだって、僕は改めて思った。

いつでも死を、忘れちゃいけないんだって。

そう思って僕は、デコさんと椎名さんを、今にも泣きそうな顔で見守る田沼の肩に、ちょっとだけ自分の頭を預けた。

もしかしたら、僕から田沼に触ったのはこれが初めてだったかもしれない。

田沼はちょっとびっくりしたように僕を見て、垂れ目をくしゃっとさらに情けなく下げて、「悲しいなあ」と泣き出した。

16

警察にドライブレコーダーのメモリーを届け、ゲームの事も含めて事情を説明したけれど、具体的に変わった事は少なかった。

既にそれなりのスピードを出し、持田さんを死亡させてしまった罪で起訴されていたGON太郎さんの罪状自体は、結局変わらなかったのだ。

事故はGON太郎さんの故意ではなかった。お金のことや、面識があると言うことで、両親とは別途裁判になるらしいけれど。

持田さんの死は、結局自殺だった。

よくデートの往復でその道を通っていた持田さんは、彼がその道をいつも減速しないで走る事を知っていた。

だからデートだと呼び出して、いつも通り車を飛ばして走ってきた彼の車に、自ら飛び込んだ。

理由はお金を返してくれない彼への当てつけと、両親への申し訳なさ、進路への不安だと、飛び込む寸前にゲーム内の個人メールに送られていた。

『霊魂さま』を自分に教えた彼への、怒りもあっただろう。

霊魂さまが、自分と友人を変えた怒りもあって、彼女は彼に復讐《ふくしゅう》したのかもしれない。

親友との不仲や、『伊々田』という存在が、彼女を死に走らせた事も確かだろう。

だけどコンビニの駐車場で、車を待つ持田さんは普通じゃなかった。

彼女の弱さに伊々田は――霊魂さまはつけいって、持田さんの命を攫《さら》っていったのだ。

死に彼女を駆りたて、その背中を押したのは霊魂さまだった。もしかしたら持田さんだけじゃなく、美和さんや椎名さん、デコさんも狙われていたのかもしれない。

結局持田さんの死の真相は、三人の心に新しい血を流させた。

でもそれがきっかけで、三人はまた一緒に行動するようになった。持田さんがいなくなって、三人の絆《きずな》が増したように見えるのは皮肉で寂しいことだけれど、もしかしたら、これは持田さんの最後の罪滅ぼしだったのかもしれない。

持田さん本人に、まったく非がなかったとも言えないと思う。

彼女が友人を大事にできなかったのは確かだと思うから。

霊魂さまの存在が、彼女をエスカレートさせていたとしても、だ。

だけど……だからって、死んでもいい人なんていない。

誰かを傷つけてはいけない事と同じくらい、自分を傷つけるのもいけない事だから。

どこかで誰かに言われた言葉だ。渚さんも同じ事を言うけれど、僕はその実感があまりなかったって事に気がついた。

美和さん達は、持田さんの事で傷つき、けれど持田さんも傷ついていた事を知って、まるで自分の事のように怒り、悲しみ、また傷ついていた。

痛みは、自分だけのものではないんだ。

大切な人の痛みは、自分の痛みに変わる。

だから自分も傷ついちゃ駄目なんだ。

自分の痛みで、傷ついてしまう人がいるから。

僕はやっと、この言葉の意味を、頭と心で理解した。

そうして六月の半ば、玉砕覚悟で田沼は美和さんに告白したけれど、木っ端みじんに粉砕した。

それより三人で遊ぶ方が楽しいんだそうだ。

哀れ田沼。

あんまり落ち込んで可哀相なので、僕は田沼を誘ってカラオケに行った――といえば聞こえはいいけれど、本当は僕自身が、友達とカラオケに行ってみたかったのだ。

おかげさまで人生初のカラオケは、びっくりするほど楽しかった。

ただ失恋ソングを何曲も入れて、マイクを持つ度においおい泣く田沼には、ちょっと辟易《へきえき》したけれど。

「そうだ……一個だけ聞きたいんだけどさ、あの時……僕たち三人で霊魂さまをやった時、僕を心配して優しい言葉をかけてくれたのは、田沼や麦澤だったんだよね？」

「え？」

確かに霊魂さまはいた。

それは確かに、時には何かを呼び出すほどの力を持つ遊戯なんだろう。

でも僕らの時はどうだっただろうか？

霊でも人でも、話したくない事は聞き出せないと、蝶子は言った。

あやかしは万能ではないのだ。何もかもが見えるわけじゃない。

だったら僕たちが呼び出したあの霊魂さまが、なんでもかんでも僕たちの事を見通していたのは奇妙だ。

田沼はそれでも最初はしらばっくれていたけれど、三回目の追及で、とうとう溜息《ためいき》と共に折れた。

「まあ……確かに動かしたのは俺だった」

「やっぱり……そうだと思ったんだよね……」

「あ！　でもあの時は、不思議と手が勝手に動いたんだ――なんかすごい手がふわっと温かかった」

「え……？」

「俺の後ろに立った誰かが、俺の手を動かしてたと思う。多分あれは女の人だ。何故なら背中に押しつけられたおっぱいの感触があった」

な、な、な、なんだって!?

「最高にやわらかかった！　Fカップはあった……」

「ぼ、僕の叔母《おば》さんの胸を、そんな風に言うな！」

思わず田沼の両ほっぺを、限界まで引っ張る。

まったく、油断も隙もない。

叔母さんの貞操を守るためにも、もう二度と霊魂さまはしないと、僕は心に強く誓った。

ヤマノヨビゴエ

1

実際はほとんど効果は無かったと聞かされても、僕はお守りのない生活に、なかなか順応できなかった。

全ては気の持ちようで、あやかしが見えるのも、逆に見えないのも、彼らから姿を隠すのも、本来は全部僕自身の力だったと言われても、じゃあいざそれをもう一度自分で、となったって、やり方がさっぱりわからない。

周りに話を聞いたって、返ってくるのは感覚的な答えばっかりだ。

あやかしとしてこの世に生まれたモノ達は、人の世界で様々な事に順応するというのが必要最低限の基本的スキルで、関わりたくないものを見ない、気配を消す……というのは、子供にだって出来ることらしい。

逆になんで出来ないの？ みたいに言われてしまって、僕は途方に暮れた。

そんな事言われたって、僕は物心ついてから、今の今まで、人間として暮らしてきたんだ。

彼らの当たり前が、僕の当たり前じゃないのは仕方ない事じゃないか。

だけど、そんな風に反論したところで、周りも困惑するだけだ。

田沼や麦澤が、小学生の頃にはもう出来ている事が、高校生の僕に出来ていないのだから、周りが反応に困るのは当然のことだと思う。

でも、そうは言われても、僕にはまだ難しい事だ。

出来ない事は出来ない、どうしようもないのに、それでも世界は待ってくれない。

成長できない僕に容赦などなくて、お守りを手放した僕は、毎日沢山のモノを見て、あちらから見つめられ、声を掛けられた。

物陰のほんの小さな暗闇ですら、僕には脅威だった。その上、色々なモノに惑わされ、うっかり忘れていたノートを買いに、夕方近くのセコマまで出かけた帰り道、とうとう僕は車に轢《ひ》かれそうになった。

道の真ん中で、泣いている子供の姿を見かけてしまったのだ。

僕はそこまで善良な人間じゃないし、身を挺《てい》して見知らぬ子供を守ろうと出来るほど、強い心は持っていない筈《はず》だ。

それでも助けに走ろうとしてしまったのは、きっとその時点でナニカに魅入られていたんだろう。

助けてくれたのは、横断歩道のあのファイターズキャップの、天気予報のお爺《じい》さんだった。

彼が僕の手を掴《つか》んでくれてなかったら、僕は大怪我をしていたかもしれない。

自分の立ち位置が危ういことはわかっていたけれど、こうやってリアルに身の危険を感じると、いつか……なんて悠長な事は言ってられない。

今すぐどうにかしなきゃ、なんとかしなきゃ——そういった焦りと、目の前の恐怖に、とうとう僕の心はポキンと折れた。

つまり、家を出るのが怖くなってしまったのだ。今日は雨だから、余計になんとなく薄暗い外には出たくない。

だけど心を読める人が、家族にいるっていうのは、非常に都合が悪いものだ。

ちょっと具合が悪いので休みたい……という僕の仮病は、口に出す前にペトラさんに見破られた。

「どうしても怖いなら、今日は無理に行かなくてもいいのよ」

焼きたてパンに目玉焼き、ベーコンという、シンプルイズベストな朝食が、あまり喉《のど》を通らないでいる僕に見かねて、助け船を出してくれたペトラさんに、渚さんはあんまりいい顔をしなかった。

理由は簡単だ。今日行かなくても、明日《あした》何かが変わるわけじゃない。今日行かなかったら、また明日も行けないだろう。

「なんの解決にもならん。休むな」

当然渚さんは厳しく僕に言うばかりか、朝食を残すのも許してくれなかった。

「解決になることだってあるわ」

だけど温厚なペトラさんは、珍しく渚さんにそう反論した。

「まだ人間だった頃、私の生活は毎日同じ事の繰り返しで、嫌になる時は沢山あった。

でも息抜きをしたら変わったわ。パンを発酵させるのと一緒よ。ほんのちょっと時間をおくのは無駄なことではないわ」

人間だった頃を思い出す時の癖なのか、無意識のように自分の肩の当たりを撫《な》でながら、ペトラさんが言う。

「ルカとお前の退屈を比べるな。下手くそな縫い物の話をしてるんじゃない」

そっけなく渚さんが答えた。

「貴方《あなた》こそ、物事に必ず結果を求めないで。弱さや停滞を許せないというなら、己の狭量という罪についても問うべきね」

それでもペトラさんは引かなかった。

ちょっと空気がとんがった。

理由は僕のせいだ。黙ってにらみ合うペトラさんと渚さんを交互に見て、僕はとても困ってしまった。

「喧嘩《けんか》は駄目だよ。ルカも困ってるし、そんなの誰も楽しくないし、喧嘩の意味が無いよ。二人ともルカを心配してるなら、なんでルカに二人の事まで心配をさせるの？」

その時、それまでにこにこ機嫌良くご飯を食べていた榊さんが、鼻の頭に皺《しわ》を寄せてきっぱりと言った。

「…………」

渚さんがむっとしたように、眉間《みけん》を寄せる。

「……そうね、その通りね。ごめんなさい、渚」

けれどペトラさんが先に謝ると、渚さんは拗《す》ねたように、「ああ」と答え、そのまましばらく黙ってしまった。

「確かに、一日二日休んでも現状は変わらないでしょうけれど、逆を言えば無理に行ったって、何か変わるわけじゃないわ。だったら休息はけして悪い事ではないでしょう。ここに来てしばらく経つし、一度白沢に診てもらいましょう？」

ほとんど手をつけないまま冷えていく朝食を見て、せめてという風に温かい紅茶を淹《い》れ直してくれながら、ペトラさんが優しく言ってくれた。

「でも……いいんですか？　学校……」

「行けるなら言った方がいいとは思うけれど、心が風邪を引くこともあるでしょう。なんでも無理をすればいいというものではないわ。大事なのは出席日数じゃなくて、貴方自身なんですもの」

勿論《もちろん》、学校のお勉強もおろそかにはしないでね、と付け加え、彼女は僕の肩をぽん、と叩《たた》いた。手袋越しだったけれど、不思議とぬくもりを感じた気がする。

「……まあ、確かに一度体調面を見て貰《もら》うっていうのは賛成だな。白沢を呼ぼう」

渚さんは少し考えるように、眉間に皺を刻んだままだったけれど、諦《あきら》めたように短く息を吐いてそう言った。

全く自分でも大丈夫そうだとはいえ、この前死にかけたのだから、一度見て貰うのは安心なような、でも怖いような……。

複雑な心境ではあるけれど、でもひとまず今日は一人で外に出ないで済む——そんな安心感で急にお腹が減ってきた僕は、あらためてこの家が僕にとって唯一無二の聖域なのだと、そう実感したのだった。

2

その夜、急な呼び出しにもかかわらず、白沢さんがパンと塩の家を訪ねてきた。

白沢さんは、渚さんの友人で、あやかしのお医者さんだ。

普段は札幌に住んでいるけど、声を掛けるとこうやって往診に来てくれる。

僕がこの家に来て最初の頃、熱を出した僕の診察もしてくれた。

普段は人間のお医者さんをしているらしい。小児科の先生だって聞いている。そんな雰囲気があるっていうか、話し方も物腰も柔和な、優しそうな先生だ。

でも人間ではない証拠に、額に目をもう一つ隠しているのを知っている。

見た目の年齢は渚さんとそう変わらないけれど、実際は多分もっと長い時間を生きている人だと思う。なんとなくそんな雰囲気を感じる。

少し色素が薄めなせいもあって、余計にそう思うのかもしれない。

「君はおそらく、一番敏感なのは視覚です。五感の他の部分が、視覚に追いついていない。だからバランスがとれず、余計に視覚が鋭敏になっているんでしょう」

リビングで一通り僕の診察をした先生が、最後に僕の目をのぞき込みながらいった。

「つまり『目』、ですか？」

「ええ。特に人間にとって、視覚は非常に重要な器官ですから」

「じゃあ、どうしたら？」

なんとなく言っている事はわかる。でもどうしたら？　という答えは見えない。

「そうですね……聴覚や嗅覚《きゅうかく》、直感的な所謂《いわゆる》第六感などを鍛えると、自然とバランスはとれていくと思いますが、まずは見分ける事、慣れる事が大事ではないでしょうか」

またださ。みんな言う、慣れだとか、距離感を覚えろとか。

そもそもそれが出来ないから困ってるのに。

「そう出来るといいんですけどね……」

「経験を重ねれば、今に出来るようになりますよ。例えば渚です。彼は極めて粗暴で、足音やドアの開け閉めなど、生活音が非常に威圧的で耳障りなはずです」

「おい」

隣で一応僕の診察を、退屈そうに聞いていた渚さんが、突然のフリに顔を顰《しか》めた。

「それは確かに……」

「おい、お前ら」

「でもそれも毎日のことだと思えば、さほど気にならなくなるでしょう？　それと同じ事です。怯《おび》えるだけでなく、慣れていけばいいと思います」

思わず肯定してしまった僕に、うるさいですよね、と言いながら白沢さんが続ける。

確かに渚さんは生活音がうるさい。足音に限らず、お風呂《ふろ》の鼻歌も大きい。

だけど言われてみれば、最近はそれが当たり前で、特に気にならなくなっている。

「とはいえ……この前みたいに、事故に遭いかけたら？」

「遭ってない」

そう切り出すと、白沢さんがきっぱりと否定した。

「でも」

「君は事故には遭ってない」

「それは、天気予報のお爺《じい》さんが――」

そう言いかけると、白沢さんが、膝《ひざ》の上で握っていた僕の手に、自分の手を重ねた。

「……いつでも誰かが助けてくれると思うのは間違いだけれど、時には手を差し伸べてくれる者もいるという事も、忘れないでください」

「…………」

「勿論無償のものはこの世の中そんなにない。誰かに助けて貰うには、君も誰かにとって力になれるよう、努力や気配り、時に我慢も必要でしょう。だけど君が誰かを必要として、同じくらい大事にする事を忘れなければ、周りも君を必要としてくれます」

優しい白沢先生の声と口調は、妙に心にダイレクトに響く。

人間より、あやかし達は意外と横の繋《つな》がりが深い気がする。人間達のものになってしまったこの世界で安全に暮らすため、生き抜くための処世術なのだと聞いたことがある。

誰かに必要とされる人間になれと、どこかで言われたことがあったけれど、必要としろと言われたのは初めてだ。

必要としても、いいんだ。

「君はまだ若い。みんなそんな事はわかってる。無理をしろといっている訳じゃない。何かあれば助けてくれるから大丈夫です――渚も粗暴なだけの男じゃありませんから」

「はい」

「おい、白《はく》」

先生が悪戯《いたずら》っぽく笑うと、渚さんが不満げな声を上げた。

「そのかわり、その状況に甘んじずに自衛の術を君自身で学んで、そしていつか君のような子に出会った時に、君が守ってあげられるようになればいいですよ。焦らずゆっくり大人になりなさい」

君は子供なのだからと、真っ向から言われるのは少し寂しかったり、不本意な気持ちになったりする。そこまで子供扱いされる歳じゃない。

だけど僕はまだ未熟だし、長く生きている人達にしてみたら、僕は間違いなく幼いんだろう。

「ちゃんと成長しているわ」

そんな僕の心を読んだペトラさんが、僕らに紅茶を用意しながら言った。

「ああそうですね。この前会った時より、随分肉体は健康になりましたね。それは大変良いことです」

健全な身体には、健全な精神が宿る……という事だろうか？　でも確かに僕は、ここに来てすぐの頃より筋肉も、脂肪も付いた。

最初の頃のガリガリじゃない。ペトラさんの美味《おい》しいご飯と、渚さんの筋トレのおかげだ。一緒に付き合ってくれる榊さんも。

「全部渚さんとペトラさん、榊さんのおかげだと思います」

結局、白沢さんが言うとおり、既に僕は彼らに守られているんだと。思わず笑みがこぼれると、白沢さんもにっこり笑った。

「その感謝を忘れなきゃ大丈夫」

とはいえ、物事は言うほど単純じゃない。

長期的に見れば白沢さんの言う事は尤《もっと》もだろうけれど、でも僕は今すぐどうにかしたいのだ。

早く大人に、一人前になりたい。

怯えるだけの生活は、今すぐ終わりにしてしまいたかった。

3

六月の慈雨は夜のうちに上がったようで、朝は真っ青な青空が広がっていた。

今年は雨が少ないらしく、まさに夕べは恵みの雨だったみたいで、周りの草木もイキイキして見える。

何もなかったなら、今朝はとても気分良く登校できただろうなって、ちょっとだけ残念に思った。僕は雨の上がった日の、朝の匂いがとても好きなのだ。

平日、学校を休むのは不思議な気分だ。

本来僕がいない時間に行われているであろう、毎日のルーティーンのような家事を、淡々とペトラさんがこなすのを見た。

手伝おうとしたけれど、逆に邪魔なのか丁重にお断りされたので、黙って眺めているしかない。

ガーガーいう掃除機の音、開けた窓から入る、夏の健やかな青い風、爽《さわ》やかな洗濯物の匂い。

「…………」

そんなものを聞いたり嗅《か》いだりしながら、ぼんやり外を眺めていると、気がつけば渚さんが階段の上から僕を見下ろしていた。

「退屈そうだな」

「え？　あ……まあ……そういうわけでもないんですけど……」

曖昧《あいまい》にもごもご答えたのは、実際退屈だったからだ。

結局僕には趣味らしい趣味もない。やらなきゃいけないことがないと、上手に時間を潰《つぶ》せないのだ。

そんな僕と、窓の外を少し見て、やがて渚さんがふん、と鼻を鳴らした。

「ペトラ」

「なあに？」

「悪いが、弁当を作ってくれ」

「お弁当？」

「ああ、俺とルカの二人分。簡単なものでいい」

テーブルを拭《ふ》き掃除《そうじ》していたペトラさんに、渚さんが言った。いいわよ、とペトラさんは快諾していたけど、僕の分ってなんだ？

「え？　どういう事ですか？」

「どうもこうもない。これから二人で山に入る」

「まさか天狗《てんぐ》の修行ですか⁉」

「ただの登山だ。お前に修行をつけるなら、まずジムに連れて行く」

得体の知れない事を、きっぱりと否定されたのは良かったけれど、だからって登山か……。

「山……ですか」

山登り……しかも渚さんと……。絶対疲れそうだ。

思わずうげえ、と思った僕に、渚さんはムッとしたように眉間《みけん》に皺《しわ》を寄せた。

「文句あるのか？」

「……あっても連れて行くんでしょう？」

「わかってるなら四の五の言うな」

そう思うなら、渚さんこそそうやって威圧しなきゃいいのに。

とはいえ、退屈していたのは事実だ。渚さんとの登山は、めちゃくちゃ体力的に疲れそうではあるけれど、とはいえ彼と一緒であれば、家の外も恐れることはないだろう。

そうして、ペトラさんはばたばたとお弁当を、渚さんはなにやら荷物の用意を始めたので、僕は大人しくソファで膝を抱えて待っていた。

行動力の塊みたいな渚さんと、そんな彼にいきなりお弁当と言われて、それに対応できるペトラさんはすごい。自分でも家事をしていたから、渚さんの言う『簡単なもの』が、けっして簡単なものではない事は、僕もわかっている。

登山と聞いて身構えはしたものの、素人の僕を連れて本格的な山に登るつもりはないそうだ。特に昨日の雨で、若干道はぬかるんでいるし。

だから、それこそ登山遠足で、子供が登るような山だと彼は言った。散歩に毛が生えたようなものだって。

　まあ、実際はそんな楽ではないと思ったし、実際楽なんかじゃなかったけれど。

　車で数十分ほどかけて着いた山は、平日だけあって静かで、とても気分が良かった。

　時間はもうすぐ午前十一時、お日様が高くなってきて、途端に気温が上がったせいか、鬱蒼《うっそう》と茂る木々の中で、エゾハルゼミがジャージャー騒々しく鳴いている。

　確かに前に叔母《おば》さんと登った山と大差ないような、森の坂道をずっと登っていくような、そんな登山だ。険しい山道や、岩がゴロゴロしているような道じゃない。

　所々ぬかるんでいるので、うっかりすると転びそうになるけれど。

　慣れない登山で、疲れない歩き方やリズムを覚えるのに、少し時間がかかった。

　そんな僕に合わせて、渚さんもペースを落として歩いてくれていたと思う。少しも息が上がっていないのが、さすが渚さんというところだ。

　最初は黙ってただひたすら歩いていた僕も、二時間ほど歩く頃には、やっとペースも安定して来たように思う。

　疲れてはいるけれど、最初よりも歩きやすくなった感じだ。

　草木の陰に、様々なモノは見たけれど、山の生き物は街よりも少し静かに見える。

　よくわからないけれど、虫や獣のように、むやみに近づかなければ何もされないような、そんな距離感も覚えた。

　とはいえ、中にはよくわからないモノもいた。そういうのは渚さんに倣って見ないフリをする。怖くても、渚さんがいれば大丈夫だと、少し前を歩く彼の広い背中に思った。

やがて丁度開けた所に出たので、お昼を食べることになった。

お腹ペコペコだ。

「つかれたあ」

適当な岩に腰を落ち着け、下ろしたリュックの中から、ペトラさんが作ってくれたお弁当を取り出す。

急いで作ってくれたサンドウィッチだ。二種類あった。分厚くて重い。

一つはスパムサンドだ。分厚いスパムに、ザクザクレタス、にんじんラペと甘い卵焼き。

もう一つはエビフライとポテトサラダとチーズのサンドウィッチだ。サクサクエビフライに、コロコロ酸っぱいロシア風ポテトサラダがしっとりよく合う。

一個目のサンドは、野菜の食感と卵の甘さとスパムの塩気が絶妙だったし、どっちもボリュームたっぷりの具材に、しっかりと小麦の甘さと香ばしさを感じるパンが、けっして負けてない。

でっかいし、みちみちだし、がぶっとかみつくのも難しいサンドウィッチ。

それにもりもりかぶりついた。

元々美味《おい》しいペトラさんのサンドウィッチを、外で食べるだけでも更に美味しいのに、山の空気と、快い疲労感が何重にも美味しくさせる。

普段なら絶対食べれないと音を上げてしまいそうな量のサンドウィッチは、あっという間に僕の胃袋に納まった。

喉《のど》がつまりそうになっている僕に、渚さんがポットの冷たい紅茶をカップに注いでくれた。

「帰りたいか？」

「え？」

ごくごく飲んで、はーっと人心地ついた時、渚さんが僕を試すような、それでいて楽しんでいるような目で聞いてきた。

確かに最初の頃は、転んで帰りたいと思った時もあったし、最初に山を登ると言われて、冗談でしょ、嫌だよ、とも思った。

「お前の足なら、頂上まで、まだ二時間以上はかかるだろう。暗くなる前には帰れる筈《はず》だが、楽な道じゃないぞ？」

「…………」

どうする？　と答えを促されて少し悩んだ。

帰りたい気持ちは勿論《もちろん》ゼロではないけれど――。

「……いえ、やっぱりもう少し頑張ります」

「そうか？」

「景色もいいし、なんか……よくわかんないですけど、登山って気持ちいいですね。歩いてるだけなのに、不思議に楽しいかもしれないです……それにサンドウィッチがすごい美味しかったです」

手放しで喜べるほどじゃないけれど……そう言うと、渚さんは声を上げて笑った。

「もう少し体力をつければ楽しくなるさ。お前はひ弱すぎるからな」

「叔母さんとも一度山に登ったんです。あの時のサンドウィッチも美味しかった」

「マリアは登山が趣味だったからな」

「そうだったんだ……」

「俺とマリアが初めて会ったのも山だったよ」

お弁当を片付け、再び二人で歩き出した。

「夢を見たそうだ。俺や、ペトラに出会う夢を」

僕の一歩前ではなく、隣で歩いてくれる渚さんの歩く速度は、午前よりも少し速い。

軽く息の弾む速度だ。これぐらいついて来いよと、そう言われているみたいだった。

「叔母さんは、夢で未来が見えたんでしたっけ」

「未来だけでなく、色々なものをな」

叔母さんが自分の死まで、夢で知っていた事を聞かされた時は、本当にショックだった。あらかじめ聞かせてくれていたら、僕だってもっと叔母さんと過ごす時間を、大事なものに変えられたはずなのに——でもきっと信じられなかっただろう。

「……そんなの、一緒に暮らしていて全然気がつかなかった」

「アイツはそれだけ、自分の能力に順応していたということだ。お前と同じで『目』が良かったよ」

「目、ですか」

昨日白沢さんから言われたことを思い出しながら、僕は目頭を自分で押さえた。

厄介な目だ。

「マリアは代々、そういう血筋だったんだ。お前の父親は知らないが、少なくともお前の祖母は、その力があった。おそらくその母親もだ。思うに女系の力だが……まあ、何故かお前に受け継がれたんだろうな」

「姉さんじゃなく、なんで僕に？」

もしかしたら姉さんにも、その力があったのかもしれないけれど、でも少なくとも幼い頃から僕にはあやかしが見えていたし――一度死にかけて、会ったと思《おぼ》しきお父さんのような人は、僕をだからこそ光を意味する、『ルカ』と名付けたと言っていた。

「なんにでも例外はあるし、必然もある。偶然もな。何か理由があるのかもしれないし、ないのかもしれない」

「それって……結局、よくわからないって事じゃないですか」

それっぽい言い方をしているけど、なんの結論も出ていない。僕は思わず顔を顰《しか》めてしまった。

「わからないことは、わからないままにしておいてもいい。学校の勉強と違ってな。今はわからなくても、ある時フッと答えに出会う時がある。記憶のどこかにとどめてさえおけばいい」

だけどまた楽しそうに笑った後、渚さんは普段より少し優しい声でそう言った。天狗《てんぐ》は山のあやかしだからだろうか、山の中にいる渚さんは、いつもよりも少し穏やかな気がする。

「わからないままって、ちょっと気分は悪いですけどね」

「そんなことはないさ。答えが見えないとき、人は何かに裏切られたような気持ちになるが……それはただ、時が満ちていないだけだ。焦ることじゃない。人生は長い」

渚さんの言っていることはなんとなくわかった、でも――。

「叔母さんの人生は、短かった」

「…………」

僕の一言に、渚さんも一瞬言葉を飲み込んだのがわかった。

「……その分、密度は濃かったよ」

「そうでしょうか？」

「ああ。マリアの心残りは、多分お前のことだけだ。人生に『多い』なんて事はないだろうが、それでもアイツは『後悔』なんてものを残さない生き方をした、イイ女だったよ」

「いい女……？」

少し悩むように黙った後、渚さんはそう続けた。そんな風に彼が叔母《おば》さんのことを言うなんてびっくりだ。思わず返事に困ったし、なんていうか……上手《うま》く言えないけれど、なんだかとても嫌だった。

「渚さんは……もしかして、叔母さんの事が好きだったんですか？」

けれど覚悟を決めて訊《き》いた僕の問いに、渚さんは一際おかしくて堪《たま》らないというように、大声で、身をよじって笑った。

「そ……そんな、笑わなくても」

困惑する僕を尻目《しりめ》に、彼は笑いすぎて苦しそうに息をしながら、首を横に振った。

「そうだな……世の中、それ以外の感情もあるって事だ」

「それ以外、ですか」

だったら、渚さんは叔母さんをどう思っていたんだろう——そんな事を考えながら、僕は黙々と歩いた。

考えたいことは山ほどあった。

ただ、歩く、登るという行為は、頭や心をより内側、内側へと誘《いざな》うのだろうか？

ざわざわと、少し遠くから僕を見て何かを囁《ささや》いているモノ達を無視し、淡々と機械的に足を動かす。

普段より少し速い心臓の音と息づかいが、規則正しく耳の奥で響いていた。

二人分の足音、熊よけの鈴の音……単調な音の全てが僕の心を攫《さら》っていく。

「………」

渚さんは僕より少し前を歩いていた。

紺色の、随分くたびれたトレッキングシューズが目に入った。

汚れたトレッキングシューズは、なんとなく渚さんらしくないと思った。彼は粗暴でがさつな所もあるけれど、いつも清潔感があるし、オシャレだから。

洗うか、買い換えた方がいいのにな……なんて思いながら、その後を追って歩いた。

渚さんは随分歩くペースを上げはじめて、僕は段々息が苦しくなって――。

「ルカ」

その時、誰かが僕の腕をぎゅっと摑《つか》んだ。

「え？」

渚さんだった。

僕の横に立っていた彼が、僕の腕を摑んで制止したのだ。

はっとして顔を上げると、僕の前にざ、ざ、ざ、と山を登る紺色のトレッキングシューズが――足が、あった。

足だけが、動いていた。重たそうな足取りだ。泥水で濡《ぬ》れているのかもしれない。

「な……」

「そうだな。でも見なきゃいい」

驚く僕に、渚さんが冷静に言った。

「山っていうのは、狭間《はざま》だ。いろんな所に繫《つな》がってる分、いろんな奴らがいる。見なきゃいい。用心だけして、関係ないモノは極力無視しろ」

そうだった、わかっている——でも、見ないフリをしようとしても気になった。

ざ、ざ、ざ。

「でも音がします……足音が」

「聞くな」

でも、そう訴える僕に、渚さんはそっけなかった。

それが出来れば苦労しないのに……。

「聞いてはいけない音、見てはいけないモノ——お前はこれから、その区別をつけられるようにしなきゃならん。本能と、経験……まあ、お前にはどっちの才能もあるだろうよ。だから危険なモノと、そうでないモノの違いを、いち早く感じ取れるようになれ」

そんな才能なんて、これっぽっちも持っている気はしないけど。

「そう言われても、無い尻尾《しっぽ》を動かすみたいで難しいですよ」

「榊に言わせると、尻尾は勝手に動くらしいがな」

「そういう事を言ってるんじゃないです」

色々な事が、あまりに感覚的すぎて、どうしていいか皆目見当が付かない。

とはいえ、感覚的すぎるからこそ、みんな説明が出来ないのもわかる。

きっと人それぞれ、あやかしそれぞれの方法で対処してるんだろう。

だから教えられないのだ、試されてるわけでも、意地悪されてるわけでもない。わかってる。でも、わかってるけど——。

「弱さだ」

「え？」

「隙のある部分から、入り込むんだ。悪いモノは、お前の心の弱い部分から入り込んで、お前を連れて行こうとする」

「僕の、弱い心？」

「ああ。自分の感情を疑え、ルカ。ソレは何より正しい顔をして、お前の理性を攫っていく。騙《だま》されないと思っているようでは駄目だ。時には自分の心を信じるな。脆《もろ》い部分はなおさらだ」

「…………」

だけど、自分の心を疑うのは容易なことじゃない。

焦らなくていいと白沢さんは言ったけど、でも焦らないでいられるだろうか？

色々な人の、色々な言葉が頭を渦巻く——。

そんな思考の内側に囚《とら》われながら歩いていると、僕はまた無意識にあの紺色のトレッキングシューズを追いかけていた。

「あ！」

頭を上げて、気がついたときは遅かった。

いつの間にか、登山道を外れ、浅い藪《やぶ》の中をかき分けて歩いていた。

「お前なあ、言ってるそばから……とりあえず、下を見て歩くのをやめろ、ちゃんと前を見ろ。顔を上げてな」

幸い困り顔の渚さんが後を追いかけてきてくれていたので、最悪の事態は免れていたのだろう。

「……ごめんなさい」

でもあまりに無意識すぎて、自分で自分に呆《あき》れてしまった。

「もしかして、これ、迷子ですか……？」

「まあ、お前ならそうだろうが、この山で俺が迷子になることはない」

苦笑いで渚さんが肩をすくめた。

「わざとじゃないんです」

「わざとだったら殴ってるよ」

「……渚さんの解決の仕方は、時々ちょっと古いです」

「どういう意味だよ」

「今の時代、暴力的解決や躾《しつけ》は、虐待って言われます」

「ああ？」

渚さんのその乱暴さはどうかと思うけれど、とはいえ一歩間違えば命に関わることなんだろう。だからって暴力は肯定したくないけれど。

まだ耳に残っている、紺色の靴音に背を向けるように、渚さんと再び登山道に戻ろうと踵《きびす》を返した。

その時だ。


——カエリタイ。


確かに声がした。女性の声が。

「え……？」

周囲を見回しても人影はなかった。

慌てて渚さんを見ると、彼はちょっとだけ眉《まゆ》を顰《ひそ》めていた。

「あの……聞こえましたか？」

「ああ」

「……もしかしたら、僕と同じように遭難した人がいるんじゃないでしょうか？」

そんなに声は遠くなかった気がする。

頭のどこかで、その声がこの世のものではない可能性も考えたけれど、それでもそうじゃなかったら大変な事になるかもしれない。

「渚さんは、これ以上進んだとしても、迷わないんですよね？」

「ああ、それは心配ないよ」

「……だったら、声の主を探してもいいですか？」

その質問に、彼は肩をすくめて見せた――好きにしろ、という事らしい。

僕は頷《うなず》いて、声の方向へ向かった。

まだ季節が早くて良かった。かき分ける笹やイタドリの背丈が低い。

ガザガサと先を進むと、やがて急に視界の開けた場所に出た。

「声がしたのは、こっちの方だったと思うんですけど……」

やっぱり訊《き》いちゃいけない声だったのか。

そんな事を思いながら周囲を見回す。

少し先は崖《がけ》のようになっているので注意が必要だと思いながら、慎重に辺りを見回した――刹那《せつな》、倒木の横に、山の中にはあまりない、鮮やかな色彩が目に入った。

「……渚さん、これ」

慌てて近寄ると、それはピンク色のリュックサックだった。

幾分泥を被《かぶ》って劣化しているので、なんとなく昨日今日の置き忘れじゃなさそうだなと思った。

とはいえそもそも、リュックを忘れて下山するようなうっかりがあるだろうか？

だから、考えられるのは盗難とか、犯罪に巻き込まれたとか……？

『カエリタイ』

その時、息がかかりそうなほどすぐ耳元で、女性の声がした。

「ひっ」

リュックを屈《かが》んで見ていた僕は、そのまま体勢を崩し、地面に尻餅《しりもち》をついた――その時、地面に突いた手のすぐ真横に、泥にまみれた頭蓋骨《ずがいこつ》が、半分割れたような状態で転がっていた。

「う、うわあああああ！」

そのまま這《は》いつくばって、逃げようとした僕の手を、渚さんがぐいっと摑《つか》んで引っ張り上げた。

「触るな。触れて縁の結び目を作ると、お前が背負うことになる」

危うく僕がリュックにぶつかりそうになったのを、遮ってくれたのだ。

「とはいえ、出会った以上、如何《いかん》ともしがたいな」

そう言いながら僕を立たせ、返す手で自分のスマホをポケットから出し――そして舌打ちした。

「くそ、なんだよ、圏外か」

まあ山の中だから仕方がない。

「蝶子がいれば楽なんだが……お前、この前の式神は？」

「今日は家に置いてきてます……」

生徒手帳に挟んであるから、登校中は必ず持ち歩いているけれど、今日は渚さんと一緒だし、必要だと思わなかったのだ。

「そうか……仕方ないな」

周りを見回し、渚さんが諦《あきら》めるように息を吐いた。

「まあいい、俺が下山して、ちょっと通報してくる。お前、ここに残ってろ」

「へ⁉」

「まあ、日暮れまでには戻るさ」

「の、の、の、残る⁉　ここに⁉　僕一人で⁉　はあ⁉」

いったい、何を言っているんだこの人は。正気か？

「大丈夫だ。結界を張っておくから、輪から出るなよ」

「結界？」

「ああ、だから心配するな」

心配するなって……少なくともあの怪しい足と、女性の霊、そしてその死体のある場所に、僕一人を置いて下山するなんて……いくらなんでも鬼だ！　いや天狗《てんぐ》だけど。

「な……そんな……え、本当に僕をここに一人で置いていくんですか⁉　もし日が暮れちゃったりしたら⁉」

「心配するな。テントもあるし、ほら、準備は整ってる」

「ええぇ……」

そう言って、彼はどすん、とリュックを下ろした。どうりで荷物が多いと思ったけれど……いや、でも本当にそういう問題じゃない。

「な？」

「な……って、そんな……」

呆然《ぼうぜん》としてなんと言えばいいかわからない僕を尻目《しりめ》に、彼はリュックから細い金属の棒と麻紐《あさひも》のようなものを取り出したかと思うと、棒に紐を結んでは土に差し、僕の周りに大きな幾何学模様風の結界を張った。

「なあに、ここから出なきゃ大抵のことは大丈夫だ」

そうして今度は、とんがり帽子のテントを素早く立てた。でもそのすぐ裏にはリュックと人骨があるのだ。そこで休めって言うのか……なんでそこに張るんだ……。

「大抵じゃない場合はどうしたらいいんですか⁉」

「この辺は、俺の縄張りじゃないから、あんまり派手なことは出来ないんだよ。いいから待ってろ、すぐに迎えに来てやるから」

「そんなの嫌ですよ！」

「でも元はと言えばお前が見つけたんだろ？　いいから、大人しくしてろ。絶対にそこから出ないようにしろよ」

そう言って僕に、組み立て式の椅子や簡単な火を焚《た》けるコンロ、固形燃料やお湯を沸かせる小さなヤカンなんかを残し、彼はさっさと歩き出した。

待ってくださいよ！　と声をかける暇もないくらいの早足だった。

「…………」

そうして一人になると、再びあの紺色の足音と、テントの裏側から『カエリタイ』とすすり泣く声が聞こえた。

「……最悪だ」

でも確かに渚さんの言うとおり、元はと言えば僕が見つけたというか、関わってしまった怪異なのだ。

慎重にならなきゃいけない、不用意に関わってはいけないと言うことを、身をもって知らされた僕は、とりあえず当分山には登らないことを心に誓った。

4

渚さんの結界の効果は確かで、小一時間経っても僕はとりあえずは無事だった。

ずっと紺色の足はうろうろ周りをうろつき回ったり、気がつけばいなくなったりしていたし、女性はずっと泣いていたし、他にもなんだかわからないモノが話しかけてきたり、通り過ぎたりしていったけれど、本当にこの中には入れないらしい。

でもそれは、ここから出たらどうなるかわからない、という意味でもあった。

そしてあやかしだけでなく、山の中には普通に生物の気配を感じた。

虫、野鳥、エゾリスにキタキツネ――そういう命の気配も、実は意外とおっかない。草葉の陰から何か飛び出してきて、襲いかかってくるかもしれないし――それにずっと僕が不安に思っているのはヒグマだ。

この山にヒグマがいるかどうかは知らないけれど、少なくとも熊よけの鈴は付けて山を登らされているのだ。

「…………」

細い紐で作られた結界。

これがヒグマから僕の身を守ってくれるとは、とうてい思えなかった。

とはいえ、考えていても時間はのろのろ過ぎていくだけだ。時が止まってるんじゃないかってくらい、時計の進みが遅い。

とりあえず、一応モバイルバッテリーもあるし、オフラインで遊べるゲームを、しばらくスマホで遊んだ。延々とソリティア。

田沼とか今頃何やってるかな、もう授業が終わる頃だな……なんて事を考えると、無性に学校に行きたくなってきた。

だけど今は結界の中だからそんな事が思えるのだ、渚さんの加護があるから。

でも渚さんの言うとおり、このまま休んでいても何も変わらないし、いつかどこかで割り切って踏み出さなきゃ駄目なんだ……。

なんとなく肌寒さを感じて、玩具《おもちゃ》みたいな金属製の折りたたみコンロを組み立てて、固形燃料に火を付けた。

こんな小さな炎でも、不思議と暖かいし、なんだかほっとする。

水筒の中の冷たい紅茶を、小さなヤカンで温める。

ふつふつし始めると、胸がすくような、紅茶のいい香りが漂いはじめた。

「…………」

水筒のカップにあったかくなった紅茶をとぷとぷ注ぐと、湯気が顔をくすぐった。

なんとなく顔を背けたら、丁度視界に、泣いている女性が目に入る――彼女は自分の身体を抱きしめ、寒そうに震えて泣いている。

「あの……暖まりますか？」

あんまり悲しそうな姿に見かねて、そっと紅茶を差し出したけれど、彼女は僕の方を見ようともしなかった。

「…………」

服装は僕よりもきっちりとしていた。

本格的な登山装備に加え、もう少し寒い時期に亡くなったのかな？　っていう、そんな印象だ。

なんでそんな人が、こんなところで亡くなったんだろう。

やっぱり、僕と同じにあの紺色の足のせいで、遭難してしまったんだろうか……。

「……気まずい」

なんとも言えない気分で、紅茶をすする。少し苦い気がするのは、怪異に近づいて、死者の水の味が喉《のど》の奥に迫ってきているせいだろうか。

「遅いな……っていうか、警察とか、夜に山の中に来てくれたりするのかな。危ないよな……」

今は良くても、あと数時間で日は沈むだろう。

「え？……待って、そしたら野宿……？　ここで⁉　一人で⁉」

そんな……そんな恐ろしい……最悪、ブンを呼ぼう……。彼ならきっと来てくれる。

そんな事を考えていると、不意にガサガサと茂みの奥から音がした。

何かが近づいてくる息づかいだ。

霊とはまた違う、何か生き物の気配が、こっちに向かって猛然と近づいてくる。

咄嗟《とっさ》に脳裏を過《よぎ》ったのはヒグマだ。

ヒグマからはこの結界では身を守れる気がしない。

でもどうやって逃げればいいだろう？

それにもしかしたら、何かが僕を結界の外に出そうと試しているのかもしれない。

どうしたらいい？　どうしたらいい⁉

こんな大事なときなのに、僕はすぐに決断できなかった——というより、怖くて身体が動かなかった。

刹那《せつな》、バサバサバサ！　と、大きな音を立てて茂みから白い獣が姿を現した。

「うわあああ！」

「ワン！」

……え？

現れたのは一匹の中型犬だった。

白くて、ちょっと筋肉質な感じの和犬みたいだ。白い柴犬《しばいぬ》って感じだろうか。犬の種類はそこまで詳しくない。

でもその犬は、愛想良く尻尾《しっぽ》をブンブン振って、結界の周りをぐるぐる回った。

「レラ」

その時、茂みの向こうから、女性の声がした。

思わず身構えたけれど、姿を現した声の主は、二十歳かそのくらいの若い女性だ。

意志の強そうな太い眉《まゆ》、綺麗《きれい》と言うよりは可愛いタイプで、どうやら犬を捜していたらしいけれど――恐ろしいことに、彼女はその肩にライフルのような、大きな銃を下げている。

「なんだ、人間か。撃つところだった」

彼女は僕を見るなりそう言った。

「こんなところでキャンプか。気をつけろ、このあたりは時々ヒグマが出る」

「え……」

そんな事言われたって、僕だって好きでこんな所にいる訳じゃ……。

「レラ？」

どうやらこの白い犬――レラは、この女性の飼い犬らしい。そっと手を差し伸べると、嬉《うれ》しそうに結界の中に入ってきて、僕の足下ではたはたと尻尾を振った。

「珍しいな、人なつっこい子じゃないんだけど……」

女性は、僕の手のひらに頭や喉を押しつけてグゥグゥ喉の奥で声を出すレラを撫《な》でた。

そんな自分の愛犬を見て、女性は不思議そうに首を傾げ――そして足下の結界を見て、「ああ」と声を洩《も》らした。

「なんだ、お前、天狗《てんぐ》の弟子か。どうりでレラが懐くわけだ」

「え？」

「この結び目、これは渚の結び方だ。まったく、弟子をこんな所に置き去りとは……」

「な、渚さんを知ってるんですか!?」

その質問に、彼女はそっけなく「知ってる」と答えた。

少なくとも僕にだってわからない、紐《ひも》の結び方から渚さんとわかるって事は、きっと僕より彼と親しいんだろう。

でもそれより一番の心配は、今はヒグマの方だった。

「あの、お姉さん……」

「暢乃《のんの》」

「え？」

「ノンノ。私の名前」

「あ……暢乃さん、ですか。僕はルカです。それであの――」

「ルカか、意味はわからないが綺麗な音だ」

「あ、ありがとうございます。暢乃さんも可愛い名前ですね。それであの――」

「渚はいつ戻る？　まさか、今夜はここで一人って事はないよな？」

僕の質問に、ぐいぐい自分の言葉を重ねてくる人だ。どうやら人の話を聞かないタイプらしい。なんとなく渚さんに似てる。

僕はひとまず諦《あきら》めて、彼女をとりあえずお茶に誘った。

彼女は少し考えて、それでも「頂くことにする」と、すっかり僕にべったりな愛犬を見て頷《うなず》いた。

「それで、やっぱりヒグマが出るんですか……」

紅茶を手渡すついでに、改めてそう訊《き》くと、やっと僕の話に耳を傾けてくれた。

「そうだな。まあ北海道だし、珍しい事じゃないだろう。それに今は心配するな。暢乃は猟師だ――まあ、新米だし、打ち損じないとも限らないけれど」

澄ました顔、しかも綺麗な顔で、怖いことを言う。

「猟師さんなんですね、ちょっとびっくりしました」

「といっても、今はこうやって山を回ってるだけ。熊は本来臆病《おくびょう》だから、こうやって犬を連れて山を歩いて、熊に下りてこないように悟らせるのも大事な仕事だ」

銃は持ってるけど、と彼女は片手でカップを持って紅茶を啜《すす》りながら、もう一方の手で自分の猟銃を掲げて見せた。

本物の銃っていう物を、僕は初めて目の当たりにして、ちょっと緊張した。

「でも撃って殺すだけじゃないんですね……」

「今はエゾシカの猟期じゃないし、暢乃は食べない生き物は捕らない。熊は賢い。元々彼らは攻撃的な生き物じゃない。母熊でなければ、必ずしも襲ってきたりはしない。脅かさなければ」

「脅かさなければ……ですか」

でも、ヒグマを前に冷静でいられる人間は少ないんじゃなかろうか。

「ここは大きな雌熊の縄張りだけれど、走って刺激したりしなければ大丈夫だ。何度か暢乃も会った事があるが、大きな熊ほど大人しい。彼らは人間が危険だと思わないで、穏やかに育っているから」

ヒグマは本来奥ゆかしく、賢い生き物なのだ。そっとやりすごせば大丈夫……と暢乃さんが言った。

とはいえ、ここでぼんやり待っていたら、やっぱり食べられるんじゃないだろうか。

「だからって、ここで待ってるのは本当に危険ですよね……」

「そうだな。でもここにお前に害のあるモノは入れない。お前が招き入れない限りは」

「え？　あ、そうなんですか？　動物も？」

我が物顔で僕の膝《ひざ》に頭を乗せ、撫でられ放題のレラの首元をくっしゃくしゃにしながら問うた。

「天狗が大丈夫だって言ったなら、大丈夫だろう」

またそっけない言葉が返ってきた。

「暢乃さんは……その、天狗を、渚さんを、よく知っているんですか？」

「よくかはわからない。でも子供の頃から知っている」

そうなんだ……って思ったけれど、考えてみたら僕も同じだ。覚えていないけれど。

覚えていたら、彼女のようにそんな風に信じられるんだろうかと思った。

「でも、怖くないんですか？」

暢乃さんの正体はいまいちわからないけれど、なんとなく僕と同じ人間のような匂いがする。

「山の中には色々なモノがいるって、ひいじいちゃんが言ってた」

凄腕《すごうで》の熊撃ち猟師だったんだ、と彼女はにかっと笑ってみせた。

「ひいじいちゃんについて、暢乃も小さい頃から一緒に山に入っていたから、暢乃もいろんなモノを見た――例えば渚だ。アイツは暢乃が子供の頃から全く歳を取っていない。ひいじいちゃんの話では、ひいじいちゃんが初めて会った頃から変わってない」

そう彼女は、なんてことのないような口調で言った。

でも言っている内容は不可思議で、普通のことじゃない。

やはり人間の気配しかしない暢乃さんが、渚さんを普通に受け入れている事に驚いてしまう。僕はそんな風には、簡単に彼を信じたり出来なかった。

「人間、獣、それぞれ寿命が違う。生きる速度が。それと同じだ。怖がることじゃない」

もともと山というのは不思議な所だと、暢乃さんはお腹を出して地面に寝転んだ愛犬を撫で始めた。

「それにひいじいちゃんは、渚が大好きだったんだ。失くしたと思っていたものを、もう一度見つけさせてくれたからって」

「渚さんが？」

「ああ――まあいい。だからルカも天狗の弟子なら心配は無いだろう。でもここから絶対に出ないようにしろ。命の保証はないから」

そこまで言うと、暢乃さんは愛犬を起き上がらせ、僕に空いたカップを返して来た。

「じゃあ、ルカ。渚によろしく」

そう言って、来た時と同じ唐突さで、愛犬と木立に消えていく暢乃さんを見送る。

もう少し話がしたいと思った。

いや、出来れば渚さんが戻るまで一緒にいて欲しかった。

「……仕方ないな」

とはいえ、結界の中は、ヒグマからも安全と言われた事には、ちょっと安心した。もうやることはない、仕方ない。

覚悟を決めてテントの中に転がって、僕は昼寝をすることにした。

信じるっていうのは、こんなに難しくて怖い事なんだって思った。そういう心は弱さだって思っていた、誰かを頼っているようで。

でもそうじゃないんだ。信じるっていうのは、強さなんだ。

その言葉や動作に、強さを感じさせた暢乃さんのように、僕は今より少しだけ、強くなろうと思った。

5

昼寝をと思ったけれど、正直眠れる状況じゃあない。

テント越しに死体はあるし、その横で本人の霊は泣いてるし、遠く、近く、ずっと誰かの足音が聞こえている。

でも、言ってしまえばそれだけだ。死体は動かないし、女性は僕を無視して泣いてるし、足音はこれ以上近づいてこない。

実害がなければ無視すればいいんだ。

はじめは寝たふりだったけれど、そのうち本当に気にならなくなってきて、僕はしだいにうとうとした。

浅い眠りの中で、熊に追いかけられたり、崖《がけ》から落ちそうになったりはしたけれど、夢は夢だ。

やがて、また足音が近づいてきた。

「すいませーん！」

もういい加減にしたらいいのに……なんて思いながら無視を決め込んでいたら、急に声を掛けられて、驚いて飛び起きた。

夢か現実なのか、一瞬戸惑った。

でも恐る恐るテントから顔を出すと、そこには二十代後半くらいの、登山者と思《おぼ》しき青年が、困ったような表情でこっちを見ていた。

「こんなところで何やってるんですか？　誰もいないかと思ったのに、驚いたな……」

「あ、あの、ちょっと道に迷ってしまって……」

彼の正体がわからなくて、僕も戸惑いながら答えた。話をしていいのか、彼は人間なのか、それすらもわからないから。

「そうなんですね！　いや、自分も気がついたら迷ってしまって……そんな迷うような山じゃないと思ってたんですけど……やっぱり自然相手に油断をしたら駄目ですね」

とはいえ、人がいて良かった！　と、彼は幾分安心したように、反省も込めながら苦笑いした。

なんとなくわかった。彼も僕同様に、あの紺色の靴音に惑わされ、ここに迷い込んだんだろう。

そこで泣いている女性と同じに。

そしてこのままだと、あの女性のように命を落とすことになるのだろうか……ちょっと背筋が寒くなった。

そもそも、あの紺色の足は、いったい何なんだろうか……。

とはいえ、幸い僕らには渚さんがいるのだ。

「今、同行者が助けを呼びに行ってくれてるんで、ここで一緒に待ちますか？」

一人だと不安だし――そう僕が誘うと、彼は嬉《うれ》しそうに「是非！」と言って、一歩踏み込んだ。

あ、っと思った時はもう遅かった。

「すいません、お邪魔します」

そう言って、彼は渚さんの張ってくれた結界を、その紐《ひも》を容赦なく踏みつけて、地面に打った杭《くい》を倒してしまった。

「困った。結界が……」

「どうしました？」

「いえ……まあいいです、どうぞどうぞ」

本当に困った。だけど結界が張ってあったなんて、彼に言えることじゃあない。

でも同じように戻す方法、直す方法を僕は知らなかった。

そもそもそれが僕に出来るかどうかさえわからない。

　でもこれで、ヒグマが来てしまったら完全にアウトだ。他の霊だってわからない。ブンに助けを呼べば、来てくれるかもしれないけれど、こんなに離れていてそれが可能なのか……。

　時計を見ると、もう四時半を過ぎていた。

　もうすぐ夏至で、日は随分長いと言っても、まもなく日が暮れる。

　暗闇の中、こんなところで渚さんを待つのは本当に恐ろしい。

　どうしたらいいだろうか？　迷うのを覚悟で彼と一緒に下山するか？

「山なんですよね、とりあえず下っていけば下に着かないものですかね……」

　でもそんな僕に、青年は「いやあ」と難しい顔をしてみせた。

「万が一滑落とかすると怖いですし、助けを待つ方がいいと思います」

　まあ、それはそうかもしれないけれど……。

「その、助けを呼びに行ってくれた人を待ちましょう」

　そう言って、彼は改めて自己紹介してくれた。

　札幌の隣、江別《えべつ》市に住む青年で、高原《たかはら》さんと言った。

　さっぱりとした短髪に、中肉中背の親しみやすそうな笑顔の男性だ。

　飲食店に勤める傍ら、休みの日にはこうしていつも山登りをするらしい。

　もっと難しい山にも挑戦していて、今日はほんの体力作りと、まだ新しい靴慣らしだったのだと、濃い茶と緑色のシューズを指差した。

でもそのぐらい、ここは普段は気軽に登れる山だという。

僕ですら案外へこたれずに登っていたのだから、彼の言うとおりではあるのだろう。

——まあ、問題は山道ではなく、そこに巣くうナニカの存在だったのだけれど。

太陽が傾き始めると、辺りは急に寒くなってきた。

リュックの中から脱いでいた上着を一枚取り出して着る。

もう一度温かいお茶も飲みたかったけれど、もし万が一、明日《あした》まで渚さんが来なかった時の為に、ギリギリまで残しておきたかった。

明るいうちは、もうちょっと余裕があったけれど、辺りの影が濃くなってくると、途端に色々な不安が僕の中から吹き出しそうだ。

「…………」

結界が壊れてしまったせいか、案の定紺色の靴音も大きくなった。

ざっざっざ……。

ざっざっざ……。

少し強くなってきた風の音に混じって、怪しい足音が近づいては離れていく。

でもスルーだ。

聞こえないフリが大事。

「ん？　なんの音だろう？」

だけど無視を決め込むと心に誓った矢先、高原さんが不思議そうに声を上げた。

「え？　音、ですか？」

「はい。なんだろう……さっきから足音みたいな音が聞こえませんか？」

いや、聞こえるよ、じゃんじゃん聞こえます——なんて、言えるわけがない。

「ああ……き、気のせいじゃないですかね」

「そうかな……」

「そ、それより高原さんは、よくこの山に来られるんですか」

やばい、誤魔化さなきゃ——だから慌ててそう話題を変えた。

「はい、比較的登りやすい山なので。休みの日なんかに、体力作りによく来ます」

「じゃあ、普段ならこんな風に迷子になることや、迷子になる人自体少ないんですかね？」

「………」

何気なく言うと、彼の表情が引きつるように歪《ゆが》んだ。

「え？　そうでもないんですか？」

「それが……ここは昔から、キツネ山って渾名《あだな》があって」

「キツネ、ですか？」

「ええ……なんというか、時々キツネに化かされることがあるんだって、仲間内で噂になっていて」

キツネ——あの紺色の足の正体は、キツネではないような気がするけれど、ようはそういう得体のしれないナニカがいるということだろうか。

思わず身を乗り出して聞いてしまうと、彼の表情が更に曇った。

「実は友人も一人、この山に入って行方不明になったって噂があります」

「ご友人、ですか？」

「ええ、登山が大好きな子で、その子もよく休みの日にここに来ていたんです」

「じゃあ、遭難して、まだ見つかっていないんですか？」

「いや……でもまあ……その子はその子で問題のある子でね、友人に随分お金を借りりしてたもんだから、実際は遭難じゃなく、行方をくらましちゃっただけだと思うんだけどね、ははは……」

そう無理矢理笑ってみせたものの、とはいえ連絡がつかなくなった事にはかわらないから、と、彼は視線を少し落とした。

『その子』という、どこか親しみを込めた呼び方が、なんとなく気になった。もしかして女性だろうか。

「そ、それってもしかして……」

僕は咄嗟《とっさ》に、テントの裏の、あの白骨死体とピンク色のリュックサックが気になった。

もしかしたら、高原さんの捜している友人は、彼女かもしれない。

「え？」

「あ、いや……なんでもないんですけど」

だからといって、高原さんにこの状況でその事を話すのは躊躇《ためら》われた。

もしかしたら違うかもしれないし、そうだとしてもこの状況を説明するのは難しい。

それに何か害があるかもしれない。

「でも、その人の事、捜してるんですか？」

「……まあ、そもそも遭難してるかどうかはわかんないですけど、もしかしたらまた会えるんじゃないかなって思って、よくこの山には来るんですよね」

「恋人……だったんですか？」

「ははは、いやあ、そこまでじゃ」

どこか照れたように笑ったって事は、彼に好意とか、そういうものはあったのかもしれない。

「それで死体を見つけたりしても怖いしね、ははは」

ただ、はっきりしてないのは、なんか気になっちゃって……と、彼は寂しげに言った。

「でもきっと遠くで元気にやってるんですよ、それでいいと思うし……まあ、そりゃあお金は返して欲しかったけど……でも死んじゃってるよりはね」

そんな彼の複雑な葛藤《かっとう》に、もしかしたらすぐ後ろに……だなんて、教えられるはずもなくて、僕は結局それ以上の言葉を見つけられなかった。

彼もこんな話を、出会ったばかりの僕にするつもりじゃなかったんだろうか、急になんだか居心地悪そうに黙ってしまった。

とても気まずい空気が流れた。

そんな僕らの沈黙を破るように、ざ、ざ、ざ、という足音だけが、風の音に混じって聞こえている。

「………」

「やっぱり、足音、しますよね」

「え？」

そりゃあ僕に聞こえているのだし、おそらく彼もあの紺色の靴音に導かれてここに来たのだろうから、彼に聞こえて当然だけれど、そう指摘されて「聞こえますね」なんて言えるわけがない。

「そ、そうですかね？　気のせいじゃないかなあ」

「だって、ほら！」

必死にしらばっくれようとしたけれど、足音は逆に段々近づいてくる。

ざ、ざ、ざ、ざ……ざざざ、がさがさ、ガサガサガサッ！

「うわあっ」

そうしてとうとう、足音がすぐ近くまで来たかと思うと、木々の間から驚いた顔の青年が飛び出してきた。

「ええぇ!?」

「ああ、良かった、人がいた」

だけど、怯《おび》えた顔で凍り付く僕らを見て、ややあって彼はほっとしたように息を吐く。

「気がついたら迷ってしまって……何度も登ったことがあるので、ちょっと油断してしまったようです」

なんだ、霊かあやかしかと思ったのに、どうやらあの足音に迷わされた、三人目が来てしまったみたいだ。

「あ、僕たちも同じで……」

そう答えると、彼はほっとしたように息を吐いた。

「もうすぐ日も沈んでくるし、どうしようかと思っていました。一人じゃないのは心強いです」

とはいえ、三人とも遭難している事には違いないようですけど……と、彼は小さく呟《つぶや》く。確かにそれはそうだ。

「あの……でも僕の保護者が、今助けを呼びに行ってくれてるので、このまま動かないで待っていたらいいと思います」

「助けを呼びに？」

「はい。さすがにそろそろ戻ってくると思うんですけど……」

「君だけを残して？　一緒に下山しなかったんですか？」

「え？　あ……」

そう言われてしまうと尤《もっと》もだ。助けを呼びに行けるなら、本来なら僕も一緒に下りればいい。

でも渚さんは、この死体を警察に発見させる為に一人で下山したのだ。二人とも動いてしまうと、さすがの渚さんも、その正確な位置がわからなくなるそうだけれど、僕がこうして残ることで、僕の気配は追えるらしい。

でもその説明を、二人にどうしてできるだろうか。

「あの……えーと、実は転んで足を痛めてしまって。このまま下りるのは辛《つら》いなって」

「足を？　大丈夫ですか？　一応湿布薬くらいは持ち歩いていますけど――」

そう新たに現れた青年が言ってくれた。

「あ、いえ、大丈夫です。もうそういう手当ては済んでるので！」

嘘や言い訳のようなものは得意じゃないけれど、完全に人間としてだけで暮らしていけない僕は、こういう口の上手《うま》さが必要になるんだろうなって、答えながら思った。

嘘はいけないことだけれど、彼らを危険に晒《さら》す訳にもいかない。存在を知られる事で、逆に渚さん達が危険になる場合だってあるのだから。

ルールが違うと言ってしまうのは簡単だ。

優先順位が違う、でもいい。

きっと仕方がない事なのだ。

だけど十年後、自分はどんな人間になっているんだろう。

そもそも人間なのだろうか？

生きているのだろうか？

そんな事を思ったら、なんだか無性に恐ろしくなって、僕は考えるのを放棄した。

6

遭難者Bこと、松沢《まつざわ》さんは、二十代半ばの登山が趣味の青年で、今は仕事を休んでいるらしい。

大学卒業後に勤めた会社で、心と体の健康を害してしまい、目下元気を取り戻している最中だそうだ。

一時期は家から出るのも嫌だったそうだ。でも登山に出会って以来、毎日のように色々な山に登っているらしい。明るい空色のトレッキングシューズに、同じ色のリュックサックを背負っていた。

最近求職活動を再開したので、遠くの山は行きにくいけれど、その分地元の登りやすい山で、体力を付けているらしい。

確かに線の細そうな雰囲気だけれど、体つきは僕よりずっと筋肉がありそうだ。

山には神秘的な力というか、心に響く何かがあるらしい。

僕にはよくはわからない。でも悩んでいる僕を叔母《おば》さんが、そして渚さんが連れ出して登らせたと言うことは、確かに何かあるのだろう。

少なくとも、黙々と歩く時、まるで瞑想《めいそう》をしているみたいに頭の中がからっぽになったり、自分の内側と向き合ったりしている気がした。

それにもっと自分より大きな存在に左右されるような、そういう厳かさというか畏怖《いふ》を感じる。

それに適度な運動の快さも、なんだかんだ否定は出来ない。

少なくとも、昼ご飯を食べる前くらいまでは、僕も純粋に登山を楽しんでいた。

はあ、なんでこんな事に……と思っていると、お腹がぐう、と鳴った。

我ながらのんきだなって思ったけれど、時計を見るともう五時を過ぎている。そろそろお腹だって空《す》いてくる時間だ。草木の影も濃くなって、辺りはもう随分寒くなってきていた。

「あの、お茶でもあっためますか？　火を焚《た》く準備はあるんですけど」

「…………」

僕の提案に、高原さんも松沢さんも首を横に振った。

え、でも僕は飲みたいんだけど……とはいえ、二人に断られると、なんだか自分だけって訳にはいかない。僕は渋々冷たい紅茶を少しだけ飲んだ。

渚さんはまだなんだろうか、もうじき完全に日が沈む。

ランタンと懐中電灯は一つずつ置いていってくれていたけど、街灯一つない山の中で、そんな小さな明かりだけなんて、蠟燭《ろうそく》一本照らしているのと大差がない気がする。

夜の闇を好むあやかしは多い。

草の陰、木の陰で、この黄昏時《たそがれ》、逢魔《おうま》が刻《とき》にナニカが目を覚まし、ザワザワする気配を感じる気がする。

寒さ以外の冷気に、背筋が粟立《あわだ》つのを覚えながら、松沢さん達を見た。

なかなか会話の弾まない三人だ。

僕が登山の話をあまりよくわかっていないせいもありそうだけれど、さっきからとにかく会話が続かないのだ。

でもせめて話だけでもしてくれていたら気が紛れるし、ヒグマも人の気配を感じて逃げてくれるかもしれない。

だから僕は懲りずに二人に話を振ることにした。

「やっぱり、初夏とはいえ、夜は冷えてきちゃいますね……やっぱりきっちり備えと覚悟もなしに、山に登っちゃ駄目ですね……今更ながらに反省してます」

おずおずと切りだした僕に、二人はええ、とか曖昧《あいまい》な相づちを返して来た。

「僕、学校の登山遠足とか以外で、山に登るのって、これで二度目なんです。一緒に暮らしていた叔母は、登山が大好きな人だったんですが……」

やっぱり寒さに耐えきれなくなって、僕は結局固形燃料に火を灯《とも》し、紅茶を温めることにした。

「過去形ですね」

そんな僕の何気ない話に、食いついてきたのは松沢さんの方だった。

「え？」

「いえ、叔母さんの事が過去形だったので……」

「そうですね……事故で亡くなってしまったんです」

そんな暗い話をしたかった訳じゃないんですけど、そう弁解すると、松沢さんはいいえ、と首を横に振った。

「実は私の恋人も、この山が好きで——ここで遭難したっきり、まだ遺体は見つかっていないんです」

静かに、擦《かす》れた声で松沢さんが言った。

「え？……貴方《あなた》も、なんですか？」

それまでなんとなくでしか、僕らの話を聞いていなかったような高原さんが、慌てて顔を上げて問う。

「ええ、そうです。彼女がいなくなってから、ずっと捜し続けています」

「あ……」

そんな、と思った。

ずっと高原さんの恋人未満の友人が、泣いている女性の霊だと思ったのに、もしかしたら松沢さんの方かもしれない。

いや、ここはキツネの山だ。あの紺色の靴音が、他にも何人も迷わせているかもしれないし、彼らが捜している大切な人は、別の場所で亡くなっている可能性だってある。

何かわからないものかと、僕は少し椅子を後ろに下げ、ちらっと女性の霊を見た。

テントに背を向けるようにして、ぐったりと首をうなだれて、地面に座り込んでいる彼女は、少なくとも僕らになんの興味も抱いていないように見えた。

もし蝶子だったら、彼女の声が聞こえるのかもしれない。或《ある》いは叔母さんみたいに夢で見れたら。

せめて何か見えないか、キツネの窓を作って女性の霊を覗《のぞ》いたけれど、彼女の周りに深い悲しみの雨が降っているだけだった。

改めて思った――僕は無力だ。

「でも……なんだか、不思議な縁ですね。こんな風に遭難して、同じように大切な人を亡くした僕たちが、ここに集まってしまうなんて」

ちょっとしょんぼりした僕を心配してくれたのか、少し長めの前髪を物憂げに揺らし、松沢さんが静かに言った。

「確かに……変ですよね。そもそも道に迷うような山じゃないはずなのに」

そう高原さんも苦笑いする。

「でも以前、山を歩いていると、他の場所に繋《つな》がる事があるって話を聞いたことがあります。山は色々な所の狭間《はざま》だからと」

「…………」

高原さんが、そう続けた。確か渚さんも同じような事を言っていた気がする。

「だからもしかしたら、僕達は同じ山にいるつもりで、今、本当は他の場所にいるのかもしれないですね……なんて」

そこまで言うと、彼はまたははは、と乾いた笑い声を上げてから、僕にテントを使っていいか聞いてきた。なんだか急に眠気が襲ってきたので、少し休みたいんだそうだ。

疲労は僕の身体にも、じわっと覆い被《かぶ》さってきてるし、その気持ちはわかる。それに下山のための体力を残しておくべきだとも思う。

それに今でこそ足音は遠ざかっているけれど、彼も同じ足音に怯《おび》えていたようだったし、彼は彼で、何か得体の知れなさのようなものを感じているのかもしれない。

「あの人、大丈夫でしょうか」

よっぽど疲れていたのか、高原さんはすぐに寝息を立て始めた。

そんな彼を怪訝《けげん》そうに見ながら、松沢さんがそっと耳打ちしてきた。

「きっとお疲れなんでしょうね」

温まった紅茶の湯気を、大事に大事に冷えた身体に吸い込みながら、僕は答えた。

「でもなんだか少し、薄気味悪いというか……それにこの山で、遭難する人は稀《まれ》なんです。難しい山ではないし、私の恋人以外に、近年遭難した女性はいなかった筈《はず》です」

「………」

その質問に、僕はなんと答えていいか悩んだ。

確かに高原さん自身も、消えた女性が本当にここで遭難したかどうかは定かではないと言っていた。

遭難者として数えられていない可能性もある。

でも同時に、松沢さんが高原さんを疑いたい気分も、なんとなくわかった。

それに高原さんは、僕を守る結界を壊した張本人だ。

「それに……このままここにいて、本当に大丈夫でしょうか？」

「え？」

「確かに迎えを待つのも大事かもしれませんが、夜を明かすにはさすがに装備も心配ですし、ヒグマの生息域でもあります。それに明日《あした》の降水確率は60%だった筈です。今は良くても、夜中から降り出してしまうかもしれません」

まだ完全に日は沈んでいないし、もう渚さんが来るかもしれない――そう思ってはみたものの、確かにこのまま夜を迎える可能性はある。

それは僕も怖いし、雨も命に関わるかもしれない。

何より結界がない。

渚さんは僕が結界の中にいるだろうと思って、のんびりしている可能性だってある。

「…………」

「やっぱり私は一人でも下山します。君はどうしますか？　このまま彼と二人なのは心配ですし、一緒に行きませんか。足は痛むかもしれないですが、少しでも歩けるよう肩を貸しますから」

さあ、と言って松沢さんは立ち上がり、僕に手を差し伸べた。

「でも……僕、ここで待たないと」

絶対に動くなと言われたのだ――とはいえ、確かに結界はもうない。

いや、でも。それでも。

「待っているように言われました。必ず僕を捜しに来てくれるから、動けません」

揺れそうな気持ちを、頭を振って振り払い、僕は強く答えた。

「……本当にですか？　貴方を置き去りにしたんじゃなくて？」

「え？」

「こんな場所に、君を一人で置き去りにしていく人が、本当に貴方を大事にしているとは思えないですが……」

「…………」

それは本当言うと、ちょっとだけ思った。

優先順位って言えばいいんだろうか、骨になった女性は可哀相だし、たとえどんな形であれ、彼女の家族は彼女を待っているだろう。

でも、だからといって、今生きている僕を、この危険かもしれない場所に、一人で残すなんてって思った。

僕の命はどうでもいいのかなって。

言われてみるともっともだ――心のどこかで、不信感の花が咲く。

もしかしたら、今夜は本当に来てくれないんじゃないだろうか？

本当は僕がどうなってもいいと思ってるんじゃないかって――そんな想像が頭を過《よぎ》り、不安がどんどん僕の心に染みこんでくる。

「それに別にわざわざ下山しなくても、少し下りればスマホは繋がります。そんな長く君をここに置いていくのはおかしいじゃないですか。彼はきっと、戻って来ませんよ」

「そんな……そこまでは……でも……」

ちりちり、違和感を覚えながらも、彼の言葉を否定できなくて、僕は胸の中の水筒をぎゅっと強く抱きしめた。自分の心を抱くように。

「自分でも、おかしいと思わないんですか？　そんな人の事は、信じない方がいいですよ。だからさあ、私と一緒に行きましょう」

でも松沢さんは畳みかけるように言って、再び僕に向かって、さあ、と手を伸ばした。

「……………」

やっぱり彼の言うとおりだ。

僕もこの扱いはおかしいと思う。いくらなんでも酷《ひど》すぎたと。

そうだ僕も確かにそう思っている――でも、それでいいのか？

——自分の感情を疑えルカ。ソレは何より正しい顔をして、お前の理性を攫《さら》っていく。

「…………」

時には自分の心を信じるな。

渚さんはそう言った。自分の弱く、脆《もろ》い部分の声を疑えと。

渚さんは、僕に必ず戻ると言った。

それを疑うのか？　また信じないのか？　弱い自分の声だけ信じて。

「……やっぱり行けません」

「どうして？　ここにいては危険です」

「いいえかまわない。一人で下山してください。僕は家族を信じます」

「でも彼は——」

「彼？」

ちり、と再び感じた違和感の意味がわかった。

「どうして僕の同行者が、男性だと知っているんですか？　そんな事一度も言っていないのに」

「でも——」

彼の言葉から逃げるように、咄嗟《とっさ》に顔を背けると、既に半壊した結界が見えた。

壊したのは高原さんだ。

でもこれは、僕が中に招き入れた人か、僕に害の無い存在しか入れない。

高原さんが結界を壊したのは、僕が『どうぞ』という前だった。

という事は、高原さんは僕に害の無い人なんだ。

でも――だったら彼は？　松沢さんはどうなんだ？

壊れた結界越しに、松沢さんの水色のトレッキングシューズが目に入った。

毎日のように、山に登り続けているという彼のトレッキングシューズは、綺麗《きれい》に手入れはされているようだったけれど、所々に綻《ほころ》びやすり減りがある。

ぼくはきゅぽっと、水筒のキャップを開けた。

「……すみません」

そうして、そのままどぼどぼと、彼のシューズに紅茶をかけると、それは汚く使い古した、濡《ぬ》れた紺色のトレッキングシューズへと姿を変えた。

何度も見た。

あの、紺色の靴音の主だ。

喉《のど》の奥が苦い。

紅茶とは違う苦みが、僕に怪異の存在を教えてくれている。

僕に害のある、あちら側の存在を。

目の前に立っている松沢さんという人の正体に気がついて、僕は全身が震えた。

「そんな怖い顔をしないで、一緒に行きましょう……私が安全な場所まで連れて行きますから」

真っ黒にうがたれた穴のような瞳《ひとみ》で、松沢さんが僕を見下ろして言った。

「……そう言って、そこのピンクのリュックの女性も惑わせたんですか？　高原さんの大切な人も？」

「心配しなくていい……私は貴方《あなた》をきちんと連れて行ってあげるから」

僕の質問には答えず、それでも優しげな声色で、彼はまた僕に手を伸ばしてきた。

「どんな嘘を言っても無駄です。この結界は、僕に害ある人間は越えられない。でも高原さんは越えてきたんです。だから彼は僕に悪意がない。でも貴方は違う。既に結界は壊れている」

「どうしたんです？　何を言っているんですか？　結界って？」

善良そうな彼の声には、なんども心が揺らぎそうになった。でも駄目だ、信じるっていうのは強さだ。僕も強くならなきゃ駄目だ。

「どんな言葉で僕を騙《だま》そうとしても無駄だ！　僕はお前には騙されない、さっさと消えろ！」

「そんな……騙すだなんて、私は本当に君を心配して――」

松沢さんは酷く傷ついたような、それでも僕を心配するように、表情を歪《ゆが》める。

でも、喉の奥の死者の水が僕に語りかける――それは、あの世の住人だと。

惑わされない。騙されない。

賢くなれ、僕。強くなれ。

渚さんは僕の導《しるべ》だ。僕に選択肢を与えてくれる。

選ぶのは僕だ。僕の道だから。

僕自身が選んで決めなくちゃ。

「黙れ！　何度、何を囁《ささや》いたって無理だ！　早く消え失せろ！」

刹那《せつな》、松沢さん——だったモノが、ニィイイと笑う。

伸ばされた彼の手が、ズブズブと炭化するかのように、黒く変化し、輪郭を失って黄《たそ》昏《がれ》の色に溶けた。

『きえないよおおおお、おまえもいっしょにいくんだよおおおお』

どこからが彼の手で、どこからが夕闇かわからない。

これじゃあ逃げられない、かわせない！　僕はやっぱり無力だ。なんにもない。

立ち向かえない！

「うううう、うぉん！」

その時、鋭い犬の吠《ほ》え声が響いたかと思うと、白い影が僕の目の前を横切った。

「レラ!?」

一瞬ブンなのかと思った。彼が助けに来てくれたのだと。でも、まだ彼を呼んでいなかった。

それに僕を守ろうと、目の前に立ちはだかっているのは、あの白くて可愛い暢乃さんの愛犬だった。

ぐるうるるるううううう。

先ほどの、撫《な》でられて見せた愛らしさの欠片《かけら》もない、ケモノの雄々しさ、恐ろしさ。

「うぉん！　うぉおおん！」

木々の間の空気を震わせるように響く吠え声に、何か特別な力があるのか、それともその雰囲気に気圧《けお》されたのかはわからない。

けれど確かに松沢さんだったモノ、あの紺色の足は後ずさり――そして、やがて木々の陰の間に消えた。

「……レラ、ありがとう」

ぺたん、と思わず地面に座り込んで、白い犬にそう告げた。

「わん！」

レラは嬉《うれ》しそうに振り向くと、ちょっぴりドヤ顔を見せてから、再び僕に撫でてくれと身体をこすりつけてきた。

7

「結界は壊すなと、あれほど言われていたじゃないか」

レラから少し遅れてやってきた暢乃さんが、呆《あき》れたように声を上げた。

「しー、高原さんに聞かれたら困りますよ」

彼は一般人だ。結界のことを知られては困る。

でもなんとなく思う。彼の深い眠りは、紺色の靴の呪いかなにかなのかもしれない。

「こんな場所で、結界もなく待つのは無謀だな。仕方ない、暢乃が付き合ってやる」

やれやれと、彼女はどっかりと僕の隣に腰を下ろし、あぐらをかいた。

銃のおかげか、彼女の言動か、それともレラのおかげか――その全部か。

僕は急にほっとして、じわっと目頭が熱くなった。

「……でも、レラはすごい犬ですね。あんな悪いモノを追い払ってしまうなんて」

「レラは代々、ヒグマを、山の神様を追う犬だから」

「へえ……」

「ウェンカムイ――ウェンユクともいう。人を襲う性根の悪い神からね、私達を守ってくれる、そういう雄々しい獣だ。私には兄弟、家族のようなものだけどね」

「……確かに、今の姿には、雄々しさはゼロですね」

ふふ、と思わず笑ってしまったのは、レラがとろんとヘソ天で、僕と暢乃さん二人から、わっしゃわしゃに撫でられては、とろけた顔をしていたからだ。

「でも……僕の犬もそうですよ。普段は甘えん坊だけど、僕を守ってくれる大事な親友です」

そう言うと、暢乃さんはニカッと笑った。

「それはいいな。じゃあ今度戦わせてみようか」

「駄目ですよ、怪我したらどうするんですか」

「大丈夫、レラは負けない」

「いや、うちのブンだって負けてませんよ。いざとなったらレラをぱくっと一口で丸呑《まるの》みできちゃいますから」

「いーや、そんなことしたら、レラは腹を食い破って出てくるね」

「えええええ？」

ランタンの明かりの中、あはは、と暢乃さんが無邪気に笑う。

その声は不思議と、あたりの禍々《まがまが》しいモノを祓《はら》っていく気がする。

なんとなく、榊さんのお姉さんを思い出した。

それとも笑う、というのが、一番の禍祓いなんだろうか……。

「あ！」

そんな事を考えていると、少し遠くからいくつかの明かりが近づいてきた。

「渚さんだ！」

遅い、もう遅い、本当に遅すぎる。

散々文句を言おうと思ったけれど、でもちゃんと戻って来てくれた渚さんが嬉しくて、僕は彼に駆け寄った。

「お前、結界から出るなってあれほど――ってか、ぉ？　暢乃じゃねえか」

出迎えた僕の額を、軽く小突きながら渚さんが言うと、暢乃さんが「おう」と軽く手を挙げた。

本当に二人は顔見知りだったようだ。

渚さんは、きちんと警察を連れて、山に戻ってきてくれた。

遅くなったのは、やっぱりこの周辺には呪いのようなモノがかかっていたらしい。

いや、別の所に繋《つな》がっていたのか。

「山っていうのは時々あるんだ。俺でもなかなか太刀打ちできないことがある」

それでも少しずつ、正しい道を、僕を捜して、渚さんはここまでたどり着いたのだという。

「遅くなって悪かったな」

そう彼が謝ってくれた時には、僕はもう涙を我慢出来なくなっていた。

本当は警察と色々話さなければならなかった筈《はず》だったけれど、渚さんは得意の『暗示』で上手《うま》く全部を切り抜け、さっさと荷物を纏《まと》めて遺体の側を立ち去った。

暢乃さんもだ。

一人残された高原さんが、ねぼけ眼で警察に質問攻めみたいにされていた。可哀相だったけれど、でもまあ、結界を踏み壊してくれたんだから、そのくらい代わって貰《もら》ったって、バチは当たらないはずだ。

「しっかし、お前が一緒で助かったよ」

「お前が弟子をヒグマの餌にしようとしてるから、暢乃が見張ってやっていたんだ。感謝しろ。一つ貸しだ」

暢乃さんはそう言って不敵に笑うと、彼女のルートで下山すると言って、登山道から離れた。

すれ違いざま、レラが、僕のスネに、お別れのように顔をこすりつけてきたので、お礼の気持ちを込めてぐしぐし撫でた。

「本当にありがとう、助かったよ。レラが来てくれなきゃ大変な事になってた」

『全くだ。小天狗《てんぐ》、もっと精進せい』

刹那、レラがしわがれた老人の声で告げて、暢乃さんの後ろをたたっと追いかけていった。

「……お、おじい……」

慌てて渚さんを見た。彼は返事をする代わりに、意味ありげに肩をすくめる。

え、中身そんななの？

そんな感じなのに、あんなにおじいちゃんっぽいのに、僕に甘えたの？　え……？

暢乃さんは現れるのも、消えるのも早い。風のようだ。

レラという名前も、アイヌ語で風という意味だという。

「可愛くて、恰好《かっこう》いい人でしたね」

「アイツは昔からそうだ。何を前にしても物怖《ものお》じしない」

そう言って渚さんは、にやりと笑った。でも確かに、そんな気がする。

「だけどこんな時間に、レラと二人で大丈夫なんでしょうか？」

まあ、レラが一緒なら大丈夫な気もするけれど。

「平気だ。あいつは目隠しでもここの山を下りられるし、この山の連中で、あいつに手を出すモノはいないだろう。俺よりももっと上の連中の恩寵《おんちょう》を受けている」

やっぱりか。

榊さんのお姉さんが海に愛されているなら、暢乃さんはさながら山だろう。風かもしれない。

すっかり暗くなった道を、僕は渚さんと下山した。

彼と一緒なら、不思議と怖くはなかった。

あんなに怖かったはずの夜道が、いつもより静かに感じる。

勿論《もちろん》耳を澄ませば、囁《ささや》くような様々な声が聞こえるけれど。

それよりもまだ低い位置の大きな月と流れる雲、月の光に負けない明星が綺麗《きれい》だった。

しばらく歩いたところで、丁度昼ご飯を食べた所に着いた。

一休みなのかと思ったら、渚さんは突然お湯を沸かし始めた。

「冷えただろ、腹も減っただろうし」

そう言って、彼が用意してくれたのは、なんの変哲もないカップラーメンだ。

だけどびっくりするほど美味《おい》しかった。

仕上がりの時間よりちょっと早かったのか少し硬い麺《めん》や、粗雑な渚さんらしく、多分きちんと線までお湯を入れないで作ったせいで、僕が普段作るよりも塩っ辛すぎるスープにもかかわらず。

夜の冷気、疲れた身体。温かさと塩分が、体中に染み渡った。赤い血が巡るように、指先もぽかぽかする。

そして満たされたお腹の中が暖かい。

暖かいのは幸せなことだ。恐怖とか、苛立《いらだ》ちとか、そういう嫌なモノが消えていく気がする。

「山で食うカップ麺のおいしさを、初めて知ったか？」

あんまり美味しくて、スープ一滴残さずあっという間に平らげた僕を見て、渚さんが声を上げて笑うと、時間差で作っていた自分の分のカップ麺を、僕にくれた。

半分ほど残っていたそれを、最初よりも味わって食べる。

やっぱりスープが少なめで、麺がちょっと硬い。しかもしっかり混ぜてないのか、下の方がやたら塩辛い。でもこの麺の硬さ、味加減の雑さが、妙に渚さんらしかった。

「暢乃さんのひいおじいさんが失くしたものってなんだったんですか？」

僕が食べ終わるのを待ちながら、残った固形燃料の火を眺めている渚さんに問うた。

「……神だ」

答えるべきか悩んだのか、ちょっとだけ間を置いた後、それでも彼は答えてくれた。

「神様、ですか」

「ああ……彼はかつて自然の全てに神を感じ、ずっと山と生きてきた。それまで、神は常に彼と共にあったんだ……だが戦争に行って、それを見失った。神は戦争で殺される人間も、殺す人間も守らなかった。無情に、無意味のように失われる命の前に、そこに神の姿は見えなかった」

揺れる炎を瞳《ひとみ》に移しながら、渚さんが淡々と言った。

「…………」

なんという言葉を返していいかわからなかった。僕は戦争を知らない。

けれどきっと、それでも暢乃さんのひいおじいさんは、いつかの日、どこかの場所で、確かに渚さんの中に神様の存在を感じたんだろう。

それは、なんだか不思議とすごく誇らしいような、嬉《うれ》しい気持ちになったし、だからこそ今の暢乃さんがあるのだろう。

そして僕も二人に救われた。

ああそうか――結局僕を守ってくれたのは、渚さんだったんだ。

「結界無しによく耐えた」

「え？　あ……」

一瞬何を言われたのかわからなくて、きょとんとしてしまった。

「あ……でも、僕、追い払い方を知らなかったし、結局たいした事をしたわけじゃ……」

そう答えると、彼は何も言わないで、僕の頭をぽん、と撫《な》でた。

それでも褒められたんだと思うと、身体の中があったかくなった。

渚さんに貰ったカップ麺も綺麗に平らげ、カップ麺以上に、再び僕らは下山を始めた。

ご飯を食べたせいか、身体が軽い気がする。

不安な気持ち、暗い気持ちで歩いてきた道を、帰りはしっかり踏みしめて歩いた。

下り坂は余計に身体を攫《さら》われそうになったし、誰かに背中を押されそうな気がしたけれど、不思議と怖くはなかった。

ヒグマと同じだ、脅かしたり、付き合い方を間違えたりしなければ、ギリギリ共存できる危ういモノたち。僕には銃はないけれど。

「――知りたいか？」

不意に、一歩先を歩いていた渚さんが、僕に振り返って言った。

「はい？」

「人ならざるモノを、自ら祓《はら》う方法を、お前も知りたいのか？」

「あ……」

その問いに、『はい』と答えようと思った。一瞬。

だけど口に出しかけて、けれどそれが、自分が今までとはまた別の道に進む意思を示す事になるのだと気づいた。

「…………」

ごくん、と覚悟に喉《のど》が鳴った。

渚さんはまた試すような目で僕を見ていた――けれど。

「あの……もう少し、今はまだ、今のままなんとかしたいです。でも……」

――でも、いつかは多分、そうなるのかもしれない。

続きは結局飲み込んで、悩んだ末にそう言った。

怒られるかと思った。

だけど渚さんは声を上げて笑うと、僕の頭をぐしゃぐしゃにした。

「いいさ。一度に遠くまで行くのは無理だ。人の足ではな。だから鍛錬だ」

倣うより、慣れろ。結局自分で付き合い方を、ちょっとずつ覚えていくしかないのだ。

「あと筋肉だ。お前はまだまだ細すぎる」

「わかりました、ふふ」

結局筋肉なのか、と思わず吹き出してしまった。

「笑ってる場合か。いいからお前はもっとメシを喰《く》え。普段喰わなすぎるんだ」

「そうですね。でも今日はすごいお腹が空《す》きました。まだまだ食べれます」

カップ麺を一個半食べたのに、早く家に帰って、もうペトラさんのご飯が食べたい。

「メニュー何でしょうね？　今日は魚じゃなくてお肉が食べたい気分です」

わくわく気分でそう言うと、また渚さんが大笑いした。

「え？　どうしたんですか？」

そんなに面白い事を言っただろうか？

「……いや？　ただ登山の帰り道、いつもマリアもそう言っていた事を思い出しただけだ――さっさと帰ろう、お前、口じゃなくてもっと足を動かせよ。そういう所もマリアにそっくりだぞ？」

そう言って、渚さんが少しだけ歩調を速める。

その大きな背中を慌てて追いかけながら、僕はそこに確かな安心感を覚えた。

最近、榊さんの機嫌が悪い。

どうしたの？　と聞いてみても、別に、とそっけない返事が戻ってくる。

そうして僕からちょっと離れたところに座って、時々大げさに溜息《ためいき》をつくのだ。

むむむ、なんだか気分が悪い。

とうとう我慢出来なくなって、ある日の夜、僕は榊さんを問い詰めることにした。

この変な雰囲気が、どうしても嫌だったからだ。

「文句があるなら、はっきり言って欲しいです。怒ってるなら」

中身はブンだとしても、見た目は年上の榊さんに、面と向かって意見するのは、さすがにちょっと申し訳ないというか、抵抗感は否めない。

それに僕がきっぱりと意見をぶつけると、彼はすごく不満げに、上目遣いに僕を睨《にら》んだ。

「……え、だから、なんなんですか」

「言いたくない」

「え？　なんで？」

「だってルカは嘘つきだから！」

「……は？」

そう言って榊さんは鼻息も荒く僕に言い捨てると、プイッとふくれっ面で自分の部屋に消えてしまった。

「……え、なにこれ」

全く意味がわからない。

途方に暮れていると、そんな僕らを、ソファに座って見ていたペトラさんが、我慢が出来なくなったというように、ころころと声を上げて笑った。

「え？　いったいなんなんですか？　知ってるんですか？」

そう聞くと、ペトラさんは仕方ないわね、と僕を手招きする。

ソファの隣に腰掛けると、彼女は手にしていたレース編みを脇にどけて、僕の耳元に唇を寄せた。ラベンダーの甘い香りがした。

「理由は……ルカの浮気ね」

「は？」

「最近、ルカが自分を構ってくれないから」

「え？」

「お友達と出かけるようになったし……」

「それはまあ、一応高校生だし」

「猫の匂《よ》いをさせて帰ってきたり……」

「タマ世さんをだっこしたのはたまたまですけど」

「あと登山の帰り、よそのわんちゃんの匂いをいっぱい付けてきたって……」

「レラおじいちゃんは、僕の命の恩人みたいなもんですけど」

え、そんな事で不機嫌になるのはおかしいし、っていうか浮気？　浮気ってどういう意味だ？

「……………」

思わず返答に困ってしまうと、ペトラさんはまた軽やかに笑った。

「でもねえ、ルカ。狗神《いぬがみ》は愛情深いあやかしだけれど、とっても嫉妬深《しっとぶか》いものなのよ。きっと貴方《あなた》が望むなら、貴方の血筋が絶えるまで、ずうっと、あの子は貴方の子供達を愛するでしょう。そしてね、ルカ、あの子は貴方の為だったら、きっと死んでしまうのも厭《いと》わないのよ」

「……そっか」

勿論《もちろん》わかっていた。彼は僕の命の半分だ。

わかっていたけれど——そっか、つまり寂しかったって事なのか。

その夜、相変わらずむっつり拗《す》ねた態度でベッドに上がってきたブンに、洗面所から持ってきた、ちょっと古くなったタオルを振り回してみせた。

最初は無視を決め込んでいたブンだったけれど、僕の執拗《しつよう》な遊びの誘いは、どうやら拒みきれなかったらしい。

　やがてもにょもにょと、伏せた身体の下で手足を動かしたかと思うと、そのままボスン！　と飛びかかってきた。

　がうがう、ぐうぐう、ぐるぐる。

　物騒なうなり声を上げながら、タオルの引っ張りあいをする。こっちの方がほとんど取っ組み合いの喧嘩《けんか》みたいだ。

　でも小さかった時の事を思い出した。僕らは毎日こうして遊んだのだ。

　二人とも、すっかり大きな身体になってしまったけれど。

「……僕、海水浴ってちゃんと行ったことないんだ」

　やがて二人とも疲れてしまって、ぜいぜい、ハッハと荒い息を吐きながら、ベッドに寝転んだ。

　満足そうにボサボサになった自分の身体を、舐《な》めて整えているブンに言うと、彼ははっとまた身体を起こした。

『海!?　行くの!?　海は大好きだよ、変な匂いがいっぱいするし！』

「え？　理由はそれなの？　水に入って気持ちいいとかじゃなくて？」

『……暑いとき、水に入るのは大好きだけど、海は水が追いかけてくるから怖い……』

　ブフーと鼻息荒く溜息を吐き出して、ブンが悲しい顔をした。

「じゃあ川とか？……あ、榊さんの身体だったら、プールとかもいけるよね」

『泳げるよ!!　僕どっちでも泳げるよ！』

ぱあああと瞳《ひとみ》を輝かせて、ブンが笑ったので、僕は思わず吹き出してしまった。

「今年の夏は、今まで会えなかった分も、いっぱい遊ぼうね。いろんな所に行こうよ」

そうだ。

外に出るのは怖いけれど、きっとブンが一緒なら大丈夫。

怯《おび》えっぱなしの、昨日までの僕は、六月の風に置いていこう。

もうすぐ暑い夏が来る。

参考文献

日本現代怪異事典　朝里 樹　笠間書院

狐狗狸さんの秘密―君にも心霊能力を開発できる　中岡俊哉　二見書房

本書は書き下ろしです。

この作品はフィクションです。実在の人物、団体等とは一切関係ありません。

昨日《きのう》の僕《ぼく》が僕《ぼく》を殺《ころ》す
壊《こわ》された少女《しょうじょ》たち
太田紫織《おおたしおり》

令和2年 3月25日　初版発行

発行者●郡司 聡

発行●株式会社KADOKAWA
〒102-8177　東京都千代田区富士見2-13-3
電話　0570-002-301（ナビダイヤル）

角川文庫 22096

印刷所●株式会社暁印刷
製本所●本間製本株式会社

表紙画●和田三造

●お問い合わせ
https://www.kadokawa.co.jp/（「お問い合わせ」へお進みください）
※内容によっては、お答えできない場合があります。
※サポートは日本国内のみとさせていただきます。
※Japanese text only

ISBN 978-4-04-109192-0　C0193

◇◇◇